集英社オレンジ文庫

ゆきうさぎのお品書き

白雪姫の焼きりんご

小湊悠貴

JN167683

本書は書き下ろしです。

もくじ

イラスト／イシヤマアズサ

序章　夢への切符と店開き

十月十六日、十四時二十分。

「ほう、いまはそんな講義があるのか」

「おもしろい教授ねえ」

複数の笑い声とともに、室内がなごやかな空気に包まれる。表情をやわらげた面接官たちの顔を見て、玉木碧《たまきあおい》はほっと安堵《あんど》の息をついた。

思わぬ急病で都の教員採用試験を受けられず、就職活動をはじめてから三カ月。少しでも自分をよく見せたくて、逆に空回りしてしまったことも多かった。

しかし今日は、冷静に話すことができている。不採用の通知が届くたびに落ちこんでいたけれど、それらの経験は自分にとって必要なものだったといまは思う。結果はどうあれ場数を踏んできたからこそ、現在の自分があるのだから。

応接室のソファに座る碧は、膝《ひざ》の上でぎゅっと両手を握りしめた。

この日のために用意したのは、亡き母が最後に買ってくれた黒いスーツ。商店街のクリーニング店から戻ってきたばかりなので、しわも汚れもない。教育実習の初日にも着たこのスーツに袖《そで》を通すと、不思議と心が落ち着いて、気持ちが引き締まる。

(試験を受けることができなかったのは、本当に悔しかったけど……)

あのときは落胆したが、なんとか気持ちを切り替えてここまで来たのだ。

尊敬する母と同じ仕事がしたかったので、猛勉強して大学に入った。教員免許をとったからといって、誰もが教師になるわけではない。けれどずっと抱いてきた夢だから、簡単にあきらめたくはなかった。

――この学校の先生方は、わたしに興味を持ってくださっている。

顔を上げた碧は、向かいに腰かけている三人の面接官を見据《みす》えた。

『ぜひ一度、玉木さんとお話をしたいと思っております。

ご都合のよろしいときに、当校まで見学にいらしてください』

そんなメールが届いたのは、二週間ほど前のこと。

公立の教員採用試験がだめでも、東京都には私学教員適性検査がある。公開される結果次第で、新任教師を探している私立校とコンタクトをとることができるシステムだ。

碧に連絡をくれたのは、中高一貫教育を売りにしている女子校だった。

偏差値はそこそこで、特に有名な学校でもない。実際に見学してみると、緑に囲まれた校舎は古いながらも趣《おもむき》があり、生徒たちものびのびと過ごせているように見えた。生徒の自主性を重んじ、自立した大人に育てるという教育方針にも共感できる。

学校があるのは隣の市で、父と一緒に住んでいるマンションからでも通勤できる。かかる時間はだいたい四十分ほどだろう。

『当校では来年度から、理系クラスのカリキュラムを強化する予定です』

面接がはじまると、学園長がそう言った。この学校の高等部では、上位の大学をめざす生徒たちのため、三年次に文系と理系の特別クラスを編成するのだという。碧が通っていた高校でも、同じようなクラスがあった。

『それにあたって、数学担当の先生を増員することになったんですよ。数学はほかの教科にくらべて苦手だという子が多いですからね。できるだけ優秀な方をお迎えして、生徒たちの受験勉強を支えていただきたいと考えております』

大学への進学実績は、本人や保護者が学校を選ぶときの重要な判断材料となる。学校側は今回のカリキュラム強化に力を入れているのだろう。

すでに何人かの応募者が面接を受けており、碧のように学校側から声をかけた学生も数人いるとのことだった。学力試験の結果も合わせて、採用されるのはおそらくひとりかふたり。そこに自分が入れるかどうかは、まだわからない。

(学力試験もむずかしかったし、それだけ実力のある新人が欲しいんだろうな)

「さて、こんなものですかな。ほかに質問があれば」

学園長の言葉に反応したのは、高等部の校長だと名乗った女性だった。上品なスーツに身を包んだ校長は、碧が提出した履歴書から顔を上げ、口を開く。

「こちらに少し書いてありますが、玉木さんはアルバイトのご経験があるのね。これまでどんなお仕事をなさってきたのかしら」

「数は少ないのですが……。小料理屋の接客と、いまは短期で塾講師もしています」

「ああ、塾講師は実践的でいいわね。教え方も自然と身に着くし。接客はどれくらい？」

「もうすぐ三年半になります」

碧の答えに、校長は眼鏡の奥の目を軽く見開いた。

「それじゃ、大学に入ってからずっと？　長くお勤めされているのね」

面接のコツを教えてくれた就職支援センターの職員は、仕事を長く続けられるのは好印象だから、しっかりアピールしなさいと言っていた。たしかにどこの面接でも、その点については評価されたと思う。大学生が大衆的な居酒屋ではなく、小料理屋でバイトをするのはめずらしいのか、興味も持ってもらえた。

「では、最後の質問をしましょう。玉木さんがアルバイトをすることによって得たものの中で、特に価値があると考えているものはなんですか？」

「価値があるもの……」

少し考えた碧は、校長の目をまっすぐ見つめながら答える。

「自信、だと思います。自己肯定感と言い換えられるかもしれません」

「その理由は？」

「わたしは大学に入るまで、アルバイトをしたことがありませんでした。だから最初は失敗ばかりで、お客さまにもお店の方にも迷惑をかけてしまって」

そんな自分を、店主の雪村大樹《ゆきむらだいき》は頭ごなしに叱《しか》ることはしなかった。落ちこむ碧をなぐさめて、『働くこと自体がはじめてなら、失敗して当たり前だ』と言ってくれたのだ。その言葉に心が軽くなり、明日からまた頑張ろうという気になれた。

「そこで辞めずに続けられたから、苦手だった料理もできるようになって、いまでは楽しく感じられるまでになりました。いろいろな年代のお客さまと接して、人の数だけ考え方や価値観があることも知りました。何かが成功すれば褒《ほ》めてもらえたし、自分ができることが増えていくたびに自信がついていったと思います」

継続は力なり、という言葉があるけれど、本当にその通りだ。「ゆきうさぎ」で働きはじめてから、学校では教えてもらえない多くのことを学んだ。それはいつしか大きな自信となり、いまの自分を形成している。

（わたしにとっての『ゆきうさぎ』は、それだけ大きい存在だから）

「自己肯定感は、これから社会に出て行く上でとても大事なものです」

まだ学生の身で、こんなことを言うのは生意気かもしれないけれど……。

小さく息を吸った碧は、しっかりとした口調で続けた。

「いいことばかりがあるわけじゃないから、自分を支える軸がないと、何かの拍子で崩れてしまうかもしれません。わたしは生徒たちに、たとえ倒れても起き上がって、また前を向けるような自信を持たせてあげられる教員になりたいです」


「本日はありがとうございました。結果は数日以内にお知らせしますので」

「よろしくお願いいたします」

面接を終えた碧は、校門を通って外に出た。少しずつ冷たくなりはじめた秋の風が頬《ほお》を撫《な》で、こわばっていた体から力がすっと抜けていく。

（ふう……。変なこととか言ってないよね？）

慣れてきたとはいえ、面接は何度受けても緊張する。おかしなことを口走らなかったか心配になったが、今日は以前よりも自然に話せたと思う。面接をしてくれた先生方もおだやかで優しかったし、仕事もやりがいがありそうだ。

〈受かればいいなぁ。ご縁がありますように〉

そんなことを考えながら、駅に向かって歩いていたときだった。

肩掛けにしていたリクルートバッグの中から、ピコンと小さな音が鳴る。立ち止まってスマホをとり出すと、大樹からのメッセージが届いていた。

〈面接、もう終わったか?〉

大樹が使っているアイコンは、目つきの悪い黒白猫の武蔵《むさし》だ。ふてぶてしい表情の武蔵が話しているかのようで笑ってしまう。正式におつき合いをはじめて三カ月半になる大樹には、今日が面接であることを伝えてあった。

〈お疲れさまです! ちょっと前に終わりましたよー〉

〈昼飯は? ちゃんと食べたか?〉

返信を打つと、一分もしないうちに問いかけられた。

昼間の営業は十四時で終わり、十八時までは休憩や買い物、夜の仕込みなどに充《あ》てられている。大樹の叔父《おじ》で料理人でもある宇佐美零一《うさみれいいち》が入ったことで、余裕が出てきたのだろう。大樹がひとりで経営していたころは、休日も仕事をすることがあったから、ゆっくり休める時間が増えてほっとしている。

碧は右手でお腹《なか》を押さえた。とたんに大きな音が鳴り響く。

〈実は緊張してあんまり食べられなかったんです……〉

〈だったらいまから店に来いよ　美味《うま》いものつくってやるから〉

「！」

その言葉を見た碧は、ぱあっと顔を輝かせた。

大樹がつくってくれる料理を食べれば、これまでの疲れなんてあっという間に吹っ飛んでしまう。〈すぐ行きます！〉と返事をした碧は、足取りをはずませて駅に向かった。電車に乗って最寄り駅に着くと、西口の改札から外に出る。

駅前ロータリーの先に広がる、昔ながらの商店街。そのはずれで、小料理屋「ゆきうさぎ」は今日もいつも通り営業している。暖簾《のれん》はとりこまれ、格子戸《こうしど》には「準備中」の札が下がっていたが、大樹はかまわず入れと言っていた。

「雪村さん、こんにちはー……って、この香りは！」

格子戸を開けた瞬間、碧は思わずギラリと両目を光らせる。

店内に充満していたのは、食欲を刺激しまくるスパイシーな香り。この正体は間違いなく、自分の大好物である――

「カレーだ！」

「ご名答」

カウンターに突進すると、厨房《ちゅうぼう》の中にいた大樹がにやりと笑った。

「あれ、揚げ物？　何をつくってるんですか？」

「それはできてからのお楽しみ。まあ座れ」

碧は言われた通り、手近な椅子《いす》に腰を下ろす。

仕事用のエプロンをつけ、頭にうさぎ模様のバンダナを巻きつけた大樹は、いつものように楽しそうに料理をしていた。コンロの火にかけた鍋では何かを揚げているらしく、油の匂いがただよっている。その様子を気にしながら、大樹はまな板の上に置いたキャベツの芯《しん》をとり、慣れた手つきで千切りにしていった。

包丁が奏でるリズミカルな音とともに、大きなキャベツが見る見るうちに細かく刻まれていく。いまは便利なスライサーがあるため、手間暇をかけなくても千切りキャベツができるけれど、自分の手できれいに切れたときは気分がいい。

(雪村さんは難なくやってるけど、あのレベルに達するまでが大変そう)

千切りを終えた大樹は、菜箸《さいばし》を手にしてコンロの前に立った。鍋からとり出されたのはこんがりと揚がった――――おそらくポークカツだろう。揚げたてのカツは、網つきのステンレスバットに移して粗熱《あらねつ》をとる。

「ああもう、おいしそう……！」

「もうすぐだから、よだれは垂らすなよ」

「た、垂らしませんよ」

あわてて口元を押さえる碧を見て、大樹は小さく笑った。

続けて彼が手にとったのは、二枚の角食パン。碧もよく買っている、商店街のパン屋さんの袋に入っていたものだ。両面を軽くトーストしてから、さきほど千切りにしたキャベツをたっぷり載せる。その上には濃厚な茶色のソースを絡ませたポークカツ、そしてふたたびキャベツを盛りつけ、もう一枚のパンで蓋《ふた》をした。

最後に真ん中から切り分けると、トーストした食パンとの間に挟まれたポークカツが、ざくざくと小気味よい音を立てる。できあがったサンドイッチをお皿に載せた大樹は、首を長くして待ちわびている碧の前にそれを置いた。

「お待たせ」

「うわぁ、贅沢《ぜいたく》！」

大樹がつくってくれたのは、ボリューム満点のカツサンド。断面からは分厚い豚ロース肉と、光り輝く透明な脂身《あぶらみ》が見える。おしぼりで手を拭いた碧は、まだほんのりとぬくもりのあるカツサンドをいそいそとつかみ上げた。

「ではでは、遠慮なくいただきます」

大きな口を開けた碧は、豪快にカツサンドにかぶりついた。これはお上品に少しずつ食べるよりも、こうしたほうが絶対においしい。

ほどよい焼き色がついたパンはかりっとした食感で、中には小麦の旨味《うまみ》が閉じこめられている。香ばしく揚がったロースカツは、嚙《か》み締めるとジューシーな肉汁があふれ、ほのかに甘い脂身が舌の上でとろけた。

衣《ころも》はいつも仕入れている生パン粉でつくったのだろう。これを使うと、家庭用の乾燥パン粉よりもボリュームが出て、軽やかな歯ざわりになるのだ。よい油で揚げてあるからしつこくないし、胃の働きをよくするキャベツと合わせて食べればさっぱりする。

咀嚼《そしゃく》したカツサンドを飲みこんだ碧は、興奮のままに大樹を見た。

「これ、なぜかカレーの味がします!」

「ソースにカレー粉が入ってるんだ。市販のトンカツソースにスパイスをちょっと加えてアレンジしてさ。なかなかいけるだろ」

「だからさっきカレーの匂いがしたんですね。すっごくおいしい」

素直な賛辞を伝えると、大樹は嬉《うれ》しそうな顔で「そうか」と言った。カツサンドをもりもり平らげていく碧の姿をじっと見つめる。

「あの……そんなに見られると恥ずかしいです。ただ食べてるだけなのに」

「あ、悪い。でも、やっぱりタマの食べっぷりは好きだなと思って」

「えっ」

「見ていて気持ちがいい。美味そうに平らげてくれるからつくりがいがあるし」

言いながら、大樹はおもむろに右手を伸ばした。碧の口の横についていたソースを親指の腹でぬぐったかと思うと、その指をぺろりと舐《な》める。

「！」

「うん、美味い。ケチャップも入れて正解だった」

思わず赤くなる碧とは対照的に、大樹はのん気にソースの味をたしかめている。触れられた場所がくすぐったいような熱いような。嬉しいけれど気恥ずかしくて、うつむいた碧は、照れ隠しに残りのカツサンドを思いきり頬張った。

「どうした。ハムスターみたいになってるぞ」

「……………」

「まあ、可愛《かわい》いからいいけど。ちゃんと噛んでから飲みこめよ」

言いたいことは我慢しないで伝えよう。少し前に約束してから、どこか遠慮がちだったお互いの距離が明らかに縮まった。大樹も碧とふたりきりのときは、わかりやすく好意を示してくれるようになったのが嬉しい。

「ところで、面接はどうだったんだ。うまくいったか?」

カツサンドを食べ終えたとき、大樹がふたたび話しかけてきた。

「緊張したけど、言いたいことは言えたかな。真面目《まじめ》でよさそうな学校だったし、いまの家からでも通勤できるし、条件はすごくいいですよ。とはいえわたし以外にも希望者がいるから、受かるかどうかはまだわからなくて」

「そうか。でも、タマならきっと大丈夫だよ。験《げん》も担いだことだし」

「験?」

首をかしげた碧は、ややあって「ああ」と笑った。

「カツサンドで『勝つ!』ですね」

「ベタだけどな」

碧と大樹は目を合わせて微笑《ほほえ》み合う。どんな結果が出るかはわからないけれど、こうして自分の夢を応援してくれる人がいると思うと、大きな力が湧いてくる。

「就職が決まったらお祝いだな。なんでもいいぞ。考えておけよ」

「お祝いかぁ。はやくその日が来るといいな」

自分ができることはやり切った。あとは切符《きっぷ》が届くのを待つだけだ。

目を閉じると、はるか遠い道の先で、母が待つ姿が見えたような気がした。

第1話　白雪姫の焼きりんご

静まり返った休憩室に、電子レンジの終了音が鳴り響く。

椅子《いす》から立ち上がったとき、出入り口のドアが開いた。弁当箱の包みと水筒を手にした同僚の大西《おおにし》が、人なつこく笑いかけてくる。

「都築《つづき》くんもこれから昼飯？　お疲れー」

「お疲れさまです」

そっけなく返した都築航《わたる》は、すぐに視線をはずして電子レンジに近づいた。大西は都築より六つ年上だが、彼は後輩の無愛想《ぶあいそう》な態度には慣れている。何事もなかったかのように席に着くと、「あー腹減った」と言いながら、弁当の包みを解きはじめた。

都築と大西が勤めているのは、通りに面した雑居ビル内の大学予備校。市内ではそれなりに有名で、相応の学力がないと入校すらできない。都築は数学、大西は古文を担当しており、優秀な生徒たちを毎年、名門大学に送り出している。

（センター試験まであと三カ月……）

受験勉強はいよいよ佳境に入り、都築たち講師も忙しくなりはじめる頃合いだ。気を引き締めなければと思いながら、電子レンジの扉を開ける。あたためたコンビニ弁当をとり出し、大西の向かいに腰を下ろすと、ふたたび声をかけられた。

「オムライスかー。はじめて見るけど、新商品？」

「そう書いてありましたね」

「美味《うま》そうだなぁ……。一口くれない？」

「嫌です」

何が悲しくて、男と食事を分け合わなければならないのだ。冷たく返した都築は眼鏡のブリッジを押し上げると、残念そうな顔の同僚を見た。

「大西さんは弁当があるじゃないですか。奥さんがつくってくれたんでしょう？」

「まあな。ほれ、見るがいい。うらやましいだろ」

「露骨に自慢しないでください」

待っていましたとばかりに弁当を見せびらかされ、都築はやれやれと肩をすくめた。

男性向けの無骨な弁当箱の中には、きれいな色合いの玉子焼きをはじめ、春巻きやミートボール、ほうれん草のお浸《ひた》しといったおかずが詰められている。主食はラップに包まれた大きなおにぎりがふたつ。このサイズの弁当箱をおかずだけで埋めるのは大変だが、品数ではなく、各種類の量を増やすことで対応されていた。

「奥さん、体は大丈夫なんですか？」

「腹はだいぶ大きくなったけど、散歩とか掃除とかでけっこう動き回ってるよ。適度に運動して体力つけたほうがいいんだってさ」

大西の妻は会社員だが、臨月《りんげつ》が近くなってきたため、現在は産休をとって自宅で過ごしているそうだ。待望の第一子なので、大西も目に見えて浮かれている。時間ができたおかげで、妻は毎朝、夫のために弁当をつくってくれるようになったらしい。

「俺もついに父親になるわけだし、キリキリ働いて稼がないとなー」

そんな話をしながら、大西は愛妻弁当をおいしそうに平らげていく。

きっちり締めたネクタイの結び目をゆるめた都築は、オムライスの蓋《ふた》を開けた。白い湯気がふわりと上がり、濃厚なデミグラスソースの香りが鼻腔《びこう》をくすぐる。

こんもりと盛りつけられたライスを覆《おお》っているのは、とろとろの半熟卵。プラスチックのスプーンを差しこむと、卵とデミグラスソースに絡んだ、薄づきのケチャップライスがあらわれた。細かく刻んだ鶏肉《とりにく》とタマネギが入っており、スプーンですくいとると、ほのかにただようバターの香り。都築は無表情のまま、オムライスを口に運んだ。

「どう？　美味い？」

「悪くはないですね。ライスは少しかためですけど、気になるほどじゃありません。味つけはあっさりしていても、デミグラスソースにコクがあるからちょうどいい。卵はバターの香りが強めです」

「なるほどねえ。近いうちに俺も食ってみようかな」

以前は料理の味や盛りつけなどには興味がなく、栄養がとれるならそれでいいと思っていた。しかし一年前、「ゆきうさぎ」という小料理屋を知ってからは意識が変わり、こうして分析することも多くなっている。

「いいよなー。ふわっふわでとろとろの卵！　オムライスはこうでないと」

「自分は薄焼きのほうが好きですけど」

「あれ、そうなの？」

「上にかかっているのも、デミグラスソースよりケチャップのほうがいいです」

「ふーん。都築くんは家庭っぽい感じが好みなわけね」

オムライスを見ると思い出すのは、いまは亡き祖母の顔。

都築は子どものころ、家庭の事情で親元を離れ、父方の祖父母の家にあずけられていた期間があった。孫の好物が卵だと知った祖母は、目玉焼きや茶碗蒸《ちゃわんむ》し、オムレツに親子丼といった料理をたくさんつくってくれたのだ。

その中で、都築が特に気に入っていたのがオムライスだった。薄焼き卵はペラペラでところどころ破れ、ケチャップライスは祖母の好みで酸味が強かったけれど、不思議とおいしくて食が進んだ。巷《ちまた》では、とろけるようにやわらかく仕上げた卵のほうが人気のようだが、自分は断然薄焼き派である。

「あ、そうだ。新しい動画、来週中に撮るみたいだよ」

黙々とオムライスを頬張《ほおば》っていると、大西が話をふってきた。食事の手を止めた都築は眉間《みけん》にしわを寄せて答える。

「なんでまた自分なんですか。今度は別の人にすればいいでしょう」

「きみの授業、反応と再生回数がぶっちぎりでよかったからな。わかりやすいって褒《ほ》められてるし、悪い気はしないだろ?」

「それはまあ……」

この予備校では二年ほど前から、体験用として撮った映像授業をネットで無料配信している。都築は今年の数学担当として選ばれたのだが、思いのほか好評だったらしく、気がつけば第二弾の配信が決まっていたのだ。

「教え方もさることながら、講師のビジュアルもいいからなー」

「大事なのは授業の内容であって、容姿なんて関係ないと思いますが」

「いやぁ、それがそうでもないんだよ。そこが残酷《ざんこく》なところでもあるんだけどさ。都築くん、黙ってれば見映えがするからね。色白で肌もきれいだし」

「それは褒め言葉じゃありません」

都築はむっとしながら言った。

色白なのは生まれつきで、ひそかなコンプレックスでもあった。日焼けがしにくい体質らしく、日に当たっても黒くはならず、真っ赤になるだけなのだ。痩《や》せ気味だったこともあり、子どものころはよく「もやしっ子」とからかわれた。

『もやしなんかじゃないよ！　白雪姫みたいで可愛《かわい》いって、お母さん言ってたもん』

記憶の彼方《かなた》から聞こえてきた声に、都築は小さなため息をつく。

(だからそれは褒め言葉にはならないんだよ。女の子じゃあるまいし)

軽く頭をふった都築は、脳裏《のうり》にちらつく影を追い払った。

「でも実際、都築くんってもてるだろ。いくつだっけ？」

「二十六です」

「若いなー。彼女は？」

「いません」

淡々《たんたん》と返すと、大西は意外そうに「マジで？」と目を丸くした。

これまで何人かと交際したことはあるものの、愛想のなさと淡白な性格が災《わざわ》いして、長く続いたためしがない。相手がいる間も、仕事や自分の時間を優先していたため、最後には向こうから別れを告げられてしまうことが常だった。

「もったいないなぁ。気になる子もいないの？」

その言葉を聞いたとき、一年前に知り合った女性、玉木碧《たまきあおい》の顔が思い浮かんだ。

彼女は都築が世話になった恩師の娘で、同じ中学出身の後輩でもある。とはいえ年齢差が四つあるため、同時期に通っていたわけではない。それでも彼女が語る思い出話は、自分の記憶と重なるところが多く、なつかしい気分になれた。

大学こそ違うが、教育学部に通って教師をめざし、専攻科目まで同じとなれば、相手に興味を抱くのは当然のこと。碧の人柄《ひとがら》にも好感を持ち、「ゆきうさぎ」に通うようになってから一年。自分なりに好意は示してきたが、まだ告白はしていない。

最近は進路の相談もしてくれたし、前よりも確実に親しくなっているとは思う。嫌われてはいないだろうが、いまの段階では特別好かれている気もしない。彼女にとっての自分は、単なる知り合いのひとりに過ぎないのだ。

(それにたぶん、碧さんは雪村《ゆきむら》さんのことが――)

「おっ、いいもの発見」

思考を中断したのは、弁当を食べ終え、棚を物色していた大西の声だった。

流しの横に置かれた棚には、各自が用意したマグカップに来客用の茶器、インスタントのコーヒーや紅茶のティーバッグ、そして自由に食べてもいい菓子などが入っている。テーブルに戻ってきた大西は、個別包装された菓子を置いた。

「高橋《たかはし》さんの旅行土産《みやげ》だってさ」

視線を落とした都築は、赤いりんごが描かれたパッケージを見るなり眉をひそめる。

「……すみませんが、これは食べないので戻してください」

「都築くん、りんごパイだめなの？」

「パイはともかく、りんごが嫌いなんです」

険《けん》を含んだ口調に、何かを感じとったのだろう。大西は「そっか」とだけ言うと、何事もなかったかのように菓子を手にとり、棚に戻した。陽気で軽々しく見えることもあるけれど、こんなときの察しの良さと気遣いには助かっている。

──そういえば、最後にりんごを食べたのはいつだっただろう……。

それから数時間がたち、仕事を終えた都築がデスクの上を片づけていると、同じく帰り支度をしていた大西がスマホで誰かと話しはじめる。

「ああ、いま終わった。え、トイレットペーパー？　もうなかったっけ」

おそらく相手は妻なのだろう。通話を切った大西は「たしか風呂用洗剤も少なくなってたよなあ」とつぶやきながら、カバンを手にして帰っていった。大西にとっては何気ないやりとりなのだろうが、自分にはまぶしく見える日常だ。高校は寮に入り、大学以降はひとり暮らしをしている都築は、家族に買い物を頼まれたことなど久しくない。

（もう十年になるし、それがさびしいってわけでもないけど……）

椅子の背にかけていた上着をはおった都築は、ビルを出て帰路についた。

都築が住んでいるのは、ここから歩いて十五分ほどかかる賃貸マンションの一室だ。いまの職場に勤めることが決まったとき、通勤にあまり時間をかけたくなかったので、近場に引っ越した。なんの変哲もない1Kだが、住み心地は悪くない。

まだ夕食をとっていなかったので、繁華街の居酒屋に入る。本当は「ゆきうさぎ」に行きたかったのだが、今日は定休日なのでしかたがない。軽く飲んで腹を満たし、適当な時間に切り上げて会計をする。

「ありがとうございましたー」

ほろ酔い気分でマンションに戻った都築は、いつもの習慣でエントランスの集合ポストに近づいた。開錠《かいじょう》してポストを開けると、届いていたのは一通の封書。

――手紙……？

電子メールやアプリのメッセージが主流の現在、手書きのそれはめずらしい。

クリーム色の封筒をとり出して確認する。表には「都築航様」と、自分の名前が記してあった。丸みを帯びた、やわらかな印象の筆跡に既視《きし》感を覚えた都築は、おもむろに封筒をひっくり返す。差出人の名は――

「九重《ここのえ》……椿《つばき》」

大きく目を見開いた都築は、しばらくその場から動くことができなかった。

「タマちゃんせんせーい」

親しげな呼びかけにふり返ると、碧が受け持っている女子生徒のひとりが、テキストを手に近づいてきた。

「学校の宿題でわかんないところがあって。解き方教えてください」

「いいよー。どれ？」

「ここ！　座標とか面積とか意味不明」

「ああ、一次関数ね。これは……」

女子生徒が開いたテキストをのぞきこんだ碧は、できるだけわかりやすいよう、解法を説明する。相手は真剣な顔でうなずきながら、ノートにメモをとっていった。

碧は先月から「ゆきうさぎ」に加え、中学生向けの学習塾で数学講師のバイトも行っている。経営しているのは都築の叔母《おば》夫婦で、怪我《けが》をした講師が復帰するまで、代理を引き受けてもらえないかと頼まれたのだ。

ふとしたきっかけで都築から話を聞き、いい経験になりそうだと思ってバイトをはじめた。それからひと月半が経過した現在、休養していた講師は無事に回復し、来月からの復帰が決まったという。碧がここで働くのも、あと十日ほどだ。

「あー、そういうこと」

「応用問題にも役立つから覚えておいてね」

解説が終わると、生徒は納得したようにうなずいた。数学に限らず、わからないことが理解できた瞬間はすっきりするし、気分もよくなる。その快感を少しずつでも積み上げていけば、勉強に対する苦手意識も薄れていくのではないかと思う。

「ありがとうございました！　ところで先生、いつまでここにいるの？」

「今月末までだよ」

「そっかぁ。残念だな。タマちゃん先生の授業ってわかりやすいし、大学の話とかおもしろいんだもん。もっといてくれたらよかったのに」

嬉《うれ》しい言葉に、碧の顔に笑みが広がっていく。教え方は未熟だけれど、ほかの講師たちよりも年齢が近いぶん、親近感を抱いてくれたのだろう。

（いろいろ大変なことはあるけど、やっぱりわたしは教師になりたい）

講師のバイトを経て、碧はあらためてそう思った。

例の女子校の面接を受けてから数日。いまのところ、合否の連絡は来ていない。採用の場合は電話、不採用のときは封書で知らせるとのことなので、ここしばらくは落ち着かない日々を過ごしている。

テキストとノートをバッグにしまい、帰宅する女子生徒を見送った碧は、洋服のポケットからこっそりスマホをとり出した。着信や留守電は入っていない。がっかりはしたものの、気をとり直して事務室に戻る。

「お疲れさまです」

出入り口のドアを開けると、中にはふたりの女性がいた。ひとりは塾長だったが、もうひとりは初対面だ。塾長の客人だろうかと思ったものの……。

(はじめて……にしては、見覚えがあるような?)

奇妙な既視感を覚え、碧は小首をかしげた。応接用のソファで塾長と向かい合っていた女性を、じっと見つめる。

アイボリーのVネックニットに、黒い細身のパンツ、ヒールのあるパンプスという格好の彼女は、二十代の半ばくらいだろうか。セミロングの黒髪は、天使の輪がくっきりと見えるほどつややかだ。そして、その髪に映える陶器のような白い肌は、露出している首や手と同じ色。ファンデーションの効果ではなく、元から色白なのだ。

切れ長の目は涼やかで、知的な印象。りんごのような色の口紅は、自分には似合わないだろうけれど、彼女にはぴったりはまっていた。

「玉木さん、お疲れさま」

塾長に声をかけられて、碧ははっと我に返った。それを合図にしたかのように、ハンドバッグを手にした女性が立ち上がる。

「じゃ、今日のところはこれで」

「また遊びにいらっしゃい」

彼女は出入り口のそばに立つ碧に会釈《えしゃく》をして、事務室から出て行った。ヒールの音が遠ざかっていくのを聞きながら、遠慮がちに口を開く。

「すみません。お邪魔でしたか?」

「そんなことないわよ。気にしないで」

微笑《ほほえ》んだ塾長は、「お茶でも飲む?」と言って腰を上げた。

塾長が急須に茶葉を入れ、ポットのお湯をそそいでいる間に、碧はふたりぶんの湯呑《ゆの》みを戸棚から出す。お茶の支度ができたとき、塾長は何かを思い出したかのように自分の机に近づいた。緑色の包装紙でくるまれた四角い箱を持ってくる。

「これ、椿からもらったの。お茶請《ちゃう》けにちょうどいいわ」

「つばき？」

「さっき会ったでしょう。あの子、私の姪《めい》なの」

包装紙をはがした塾長が、箱の蓋を開ける。中にはカエルの顔をかたどった、可愛らしいおまんじゅうが並んでいた。人気のお土産のようで、椿が買ってきたのだという。

「あの子はずっと名古屋《なごや》に住んでいてね。就職もそっちでしたんだけど、来月から東京本社に転勤が決まったんですって。それで久しぶりに会いに来てくれたってわけ」

可愛がっている身内なのだろう。塾長は嬉しそうな表情で教えてくれる。

(ん？　塾長の姪っ子ということは……)

「もしかして、都築さんとも血縁が？」

「ああ、まだ言ってなかったわね。椿は航の姉なのよ。双子だから歳《とし》も同じ」

「双子!?」

意外な関係に驚いて、碧は目を丸くした。

(そうか！　あの人、見覚えがあると思ったら)

脳裏にさきほど会った女性の姿がよみがえる。都築と知り合って一年がたつけれど、彼に双子の姉がいたなんて初耳だ。性別が違うのであのときはわからなかったが、思い返してみれば、椿は顔立ちも雰囲気も弟である都築と似ていた。

「きれいな人でしたね。色白でうらやましい」

「そこは遺伝じゃないかしらね。あの子たち、母方のおじいさまが外国人だから。たしかドイツの人だったと思うけど」

「えっ！　じゃあクォーターってことですか？」

「そうね。おじいさまはだいぶ前に亡くなったから、私はお会いしたことがないのよ」

塾長は彼らの父方の叔母なので、母方の親戚については詳しくないのだという。

「離婚してからつき合いも途絶えたしねえ……」

おまんじゅうに手を伸ばしかけた碧は、不穏な言葉に動きを止めた。塾長は「ここだけの話にしてね」と言い置いてから、声をひそめて続ける。

「椿と航の両親は、あの子たちがまだ小さかったころに別れたのよ。十八年くらい前になるかしら。そのときに椿は母親、航は父親が引きとることになってね。椿は母親の旧姓を使うことになったから、苗字が違うの」

東京で暮らしていた都築家は、離婚により崩壊した。

故郷に戻った母親は、そこで仕事を見つけ、女手ひとつで椿を育て上げたらしい。一方の父親は、離婚からわずか一年で再婚したそうだ。実母と離れてさほどの時もたたず、新しい母親を迎えることになった都築は、どれだけ戸惑ったことだろう。

湯呑みのお茶を一口飲んだ塾長が、大きなため息をつく。

「私が言うのもあれだけど、兄は昔から仕事第一で、家庭にはあまり関心が向かない人でね……。お金はかなり稼いでいたから、離婚後は家事も子守も家政婦さんにまかせていたのよ。再婚しても、航の世話は新しい奥さんに丸投げだったらしいわ」

「……」

「それでも仲良くできればまだ救いがあったんだけど、現実はなかなか厳しくてね。航は昔から繊細《せんさい》で、ちょっと気むずかしい子だったし」

新しい母親に、都築は何年たってもなじむことができなかった。継母《ままはは》は次第に苛立《いらだ》つようになり、情の薄い父親との溝も深まっていったそうだ。

その環境が子どもに悪影響を及ぼすと心配したのが、塾長の母であり、都築の祖母にあたる人だった。彼女は思春期に入った孫の精神衛生を守るため、しばらく自分の家に引きとって面倒を見ることにしたのだという。

(そういえば……)

『当時は家庭内が少しごたついていて、小五のころから中三の途中まで、祖母の家にあずけられていたんです』

都築とはじめて会った日、彼はそんなことを話していた。

祖母が亡くなってからは、たしかふたたび親元で暮らすことになったはず。しかし都築本人の気持ちは――

『自分は嫌でした。はやく実家を出たくて、高校に入ったらひとり暮らしをしたいと考えていたんです。両親も勝手にしろという感じでした』

そのとき彼が見せた冷ややかな表情を、いまでもよく憶《おぼ》えている。

当時、都築の担任をつとめていた碧の母は、そんな教え子の心に寄り添って全寮制の高校を紹介した。優秀な都築はみごと志望校に合格し、実家を出ることができたという。彼が自分の意志で選んだその道が、現在までつながっているのだ。

「都築さん、実のお母さんやお姉さんとは連絡し合っていたんでしょうか」

「兄の再婚後は遠慮していたみたい。新しい母親との関係もあるし、兄があれこれ言って遠ざけたらしいから」

「そうですか……」

「身内とはいえ、人様の家庭のことだしね。私もあまり深入りはできなくて。椿と航が無事に大学を卒業して、就職も決まったって聞いたときはほっとしたわ。できることならいつか、それぞれの家庭を持ってほしいとは思うけど、これはお節介の域だわね」

苦笑した塾長は、我に返ったように口元を押さえる。

「あらやだ、ちょっと話しすぎちゃったかしら。玉木さん、このことは」

「大丈夫ですよ。誰にも言いません」

「そうしてもらえると助かるわ」

塾長は安心したように言ってから、おまんじゅうを頬張った。

「玉木さん」

「はい？」

碧が顔を上げると、塾長はおだやかに微笑みながら口を開く。

「航はあの通りの性格だから、なかなか本心を見せてはくれないんだけど……。愛想を尽かさないで、これからも仲良くしてもらえると嬉しいわ」

優しい声音《こわね》には、甥《おい》に対するたしかな愛情がこもっているように感じられた。


――『これからも仲良く』かぁ……。

その翌日、「ゆきうさぎ」で仕込みの手伝いをしているとき、塾長とかわした会話が頭の中で再生された。裏の大きな厨房《ちゆうぼう》で、本日のおすすめ品であるひよこ豆のコロッケの下ごしらえをしながら、碧は静かに考えをめぐらせる。

（都築さんの家庭の事情を知ったからって、態度を変えるようなことはしないけど）

はじめはとっつきにくそうな人だと思ったけれど、話してみると真面目《まじめ》でいい人なのだとわかった。亡き母と同じく、自分がめざす道の先を歩いている人だから、尊敬もしている。不採用が続いて落ちこんでいたときは、相談に乗ってはげましてもくれた。

碧にとって、都築はすでに「バイト先の常連客」だけの存在ではなくなっている。恋愛とかそういう意味ではなく、同じ志《こころざし》を持った、心強い仲間とでも言えばいいのか。できることなら、そんな関係を保っていきたいと思っている。

だからこれからも、お互いを高め合える先輩と後輩として、よい関係を築いていければと願っているのだけれど……。

（でも、都築さんは違うのかもしれない）

彼には好感を抱いているが、それはあくまでひとりの人間としてであって、恋愛感情ではない。しかし都築のほうはどうなのか。これまでの態度や言葉を考えてみると、やはり自分に向けられているのは――

「タマ？」

ふいに声をかけられて、碧は思考の海から浮上した。顔を上げれば、買い物に出かけていた大樹《だいき》が、いつの間にか戻ってきている。

「そんな顔してどうしたんだよ。具合でも悪いのか？」

「あ、いえ。ちょっと考えごとを。って、わたしどんな顔してました？」

近づいてきた大樹は、碧の眉間に指先でそっと触れた。

「ここにしわが寄ってた。何か悩みでもあるのか？」

「えっと……」

就活で悩んでいたとき、大樹に心配をかけたくなくて、そのことについてはあえて口を閉ざしていた。だが、偶然の成り行きで都築に相談していたことを知った大樹は、それが悔しかったと言ったのだ。

『都築さんには大事なことを相談したのに、俺には何も言わなかっただろ。心配させたくないって思ったのかもしれないけど、俺じゃ役に立たないのかって……』

『タマと都築さんは同じ道にいるから、話も合うだろ？　そこに俺が入っていけないことも悔しかった』

大樹の本音を聞いたときは、驚いたと同時に、彼も自分と同じなのだと思った。

彼は自分よりも大人でしっかりしているし、人望もある。だからどこか完璧な人のようにとらえていたのかもしれない。でもそうではなかった。大樹も多くの人と同じ、悩むことも嫉妬《しっと》することもある、ごく普通の人だったのだ。

それがわかったとき、失望するどころか、ますます大樹のことが好きになった。そんな気持ちを率直に伝えてくれたことも、とても嬉しかったのだ。

（隠しごとはしたくないけど、都築さんの話題を出しても平気かな……？）

少し迷ったものの、碧は自分がいま考えていることを打ち明けてみることにした。

「都築さんについてなんですけど」

「え」

その名を出すと、大樹は一瞬だけ複雑な顔になった。すぐに表情を戻し、先をうながすように視線を向ける。塾長と約束した手前、いくら大樹が相手でも、都築家の事情は話せない。だからそれは省《はぶ》いて、自分が都築に対して抱いている感情を明かした。

「わたしはそう思ってるんですけど、向こうは違うような気がして。わたしの自惚《うぬぼ》れじゃなければ、都築さんはたぶん……」

言葉を切ると、沈黙が流れた。果たして彼はどう思っただろう？

しばらく何かを考えていた大樹は、やがて口を開いた。

「仮にタマの予想が当たっていたとして、都築さんがそれをはっきり伝えてきたら、タマはどう返事をする？」

「えっ」

「受けるのか？」

「う、受けませんよ。わたしは雪村さんとおつき合いしてるんだから」

反射的に答えた碧は、自分が発した言葉に照れくさくなって視線をそらす。おかしそうに笑った大樹は、「それなら俺が心配することはないな」と言った。

「都築さんの気持ちは本人だけのものだし、俺があれこれ口出しできる権利はない。だからって、必要以上に近づかれても困るけどさ」

「雪村さん……」

「前にも言ったけど、俺だって人間だからな。自分の彼女がほかの男と親しくしてたらおもしろくないし、嫉妬もする。それはタマも同じだろ？」

（『彼女』……）

そのひとことにじんわりとした幸せを感じていると、大樹が「でも」と続ける。

「もし都築さんが本気で何かを伝えてくることがあったら、タマも真剣に考えて答えたほうがいいとは思う。そういうことを口に出すのは、かなりの勇気がいることだから」

「雪村さんも、わたしに告白してくれたときは緊張しました？」

「……それはノーコメント」

「えー」

肝心なところをはぐらかした大樹は、くるりと碧に背を向けた。その広い背中に手を伸ばしかけた碧は、ふいに自分の両手に目を落とす。

「あ、残念」

「何が？」

「手がベタベタだから抱きつけない……」

ふり返った大樹は、しょんぼりする碧を見て、あきれたように肩をすくめる。

「抱きつかなくていいから、まずはコロッケの仕込みを終わらせてくれよ」

「はーい」

「まあ……仕事が終わったあとならいいけど」

ぼそりと言われ、どうしようもなく顔がゆるんでしまう。

就職はまだ決まっていないし、卒論も進めなければならない。塾のバイトもまだ残っているし、都築の件も含めて、気になることは山ほどある。めまぐるしく流れていく日々の中、自分を癒《い》やしてくれるのは、いつだって「ゆきうさぎ」と大樹の存在だ。

「ふふ。なんだか胸がいっぱいです」

「そうか。じゃあ賄《まかな》いはいらないいな？」

「お腹《なか》は準備万端です」

何気ない言葉のやりとりですら、心がはずむ。

幸せボケだとからかわれないためにも、いまは仕事に集中しよう。碧は気を引き締めてコロッケの下ごしらえに戻った。


料理の仕込みが終わり、開店時刻の十八時まで十分を切ったときだった。

碧が暖簾《のれん》を出そうとしたとき、出入り口のほうから、ガリガリと戸を引っかくような音が聞こえてきた。同時に響き渡ったのは、「ぶみゃーぶみゃー」という、お世辞にも可愛いとは言えない鳴き声。

「武蔵《むさし》ですね」

「エサの催促《さいそく》だな。虎次郎《こじろう》も一緒なのか?」

近くの神社にねぐらを持つ猫たちは、ときどきこうして大樹のもとに食べ物をねだりにやってくる。大きな体と目つきの悪さがチャームポイントの武蔵と、小柄で愛くるしい虎次郎は、気が合うのかいつも二匹で行動していた。

野良だから獲物を仕留めることはできるだろうし、大樹のほかにもエサをくれる人はいるらしい。それでも「ゆきうさぎ」を気に入っているのか、頻繁《ひんぱん》にたずねてくる。

「いまはちょうどいい残り物がないんだよな……」

そんなことをつぶやいた大樹は、武蔵と虎次郎のために買ったエサ入れに、ストックしていた猫用のドライフードを盛りつける。運がよければ生魚にありつけるので、武蔵たちも熱心に通っているのだが、今日は残念ながらはずれだ。

「タマ、これ持っていってくれ」

「了解でーす」

「もうじき開店だから、目立たない場所でな」

エサ入れを受けとった碧は、いつものように格子戸《こうしど》に手をかけた。戸を引いた瞬間、すぐ近くから「わっ」と小さな声があがる。

「――ああ、お店の人か。いきなり開いたからびっくりしちゃった」

「えっ!?」

そこに立っていた人を見るなり、碧は思わず目を疑った。

グレーのパンツスーツに黒のパンプス、大きなビジネスバッグを肩掛けにして立っていたのは、昨日塾で顔を合わせた都築の姉だった。今日はきっちりと髪をまとめ、眼鏡をかけているので、都築の女性版という印象が強まっている。

(な、なんでこの人がここに……)

あぜんとする碧と目を合わせた彼女――椿は、不思議そうに小首をかしげたかと思うと、すぐに「あ！」と声を発する。

「もしかして、昨日叔母さんの塾で会った先生？」

「はい。先生というか、臨時のバイトなんですけど」

「どこかで見た顔だなーって思ったの。人違いじゃなくてよかった」

そう言って、椿は気さくな笑みを向けてきた。外見や雰囲気は都築によく似てクールだけれど、性格はだいぶ違うらしい。都築はめったに笑わないため、なんだかものすごく貴重なものを見た気がしてしまう。

「あの……。九重椿さん、ですよね？」

「ええ。名前は叔母から？」

「そうです。わたしは都築さん……航さんと知り合いで。ところでどうしてここに？」

椿は足下に視線を落とす。おとなしくお座りをしていた武蔵と虎次郎が、やっと気づいたのかと言わんばかりの顔で見上げてきた。

「ずっと前に亡くなったんだけど、祖父母が昔、このあたりに住んでたの。なつかしくて散歩してたときに、神社でこの子たちと会ってね。ついて来いって言われたような気がしたから、ちょっと追いかけてみようかなと」

（この子たちはまたしても……）

武蔵と虎次郎は、「ゆきうさぎ」と縁がある人を見分ける力でもあるのだろうか？　つくづく摩訶《まか》不思議な招き猫だ。そんな碧の心情などどうでもいいのか、武蔵は「はやくエサをくれ」と言いたげに、催促の鳴き声をあげる。

「わかったから。こっちおいで」

碧が建物の陰《かげ》に移動すると、武蔵たちは素直についてきた。大きなエサ入れを置くと、二匹で仲良く分け合って食べはじめる。

微笑ましいその姿はずっと見ていたかったが、これからが仕事の本番だ。

表に戻ると、椿は何かに引き寄せられたかのように、格子戸にへばりついていた。

「ああもう、すっごくいい匂い……。ここ、ご飯のお店？」

「はい。暖簾がまだ下がってないからわかりにくいですけど。『ゆきうさぎ』って名前の小料理屋で、わたしのもうひとつのバイト先です」

「『ゆきうさぎ』……」

椿がつぶやいたとき、ぐううっという、非常になじみのある音が聞こえた。豪快に鳴いたのは間違いなくお腹の虫だが、碧のそれではない――ということは。

「九重さん、お腹すいてるんですか？」

「今日はけっこう動き回ったから、カロリー不足みたいね」

　椿は恥ずかしそうに笑い、腹部を押さえた。数日前から東京に滞在中の彼女は、転勤にあたって新居を探したり、本社で研修に参加したりと忙しく過ごしているのだという。営業職に就いているとのことなので、体力も使うはず。

「よかったら、ここで食事していかれませんか？」

「え、でもまだ準備中じゃ」

「大丈夫ですよ。あ、ちょうど開店時刻になりました」

　碧の腕時計が十八時を示す。

「ここのお料理、どれもすごくおいしいですよ。お値段も手ごろで、お酒の種類も豊富だし。都築さんのおじいさんとおばあさんも、ご存命のときにいらしていたみたいです。都築さんもよく通ってくださっていて」

「そうなんだ……」

　祖父母と弟の話が興味を引いたのだろう。椿は「じゃあ入ってみようかな」と言ってくれた。碧が格子戸を引いて中に入ると、暖簾を持って近づいてきた大樹と目が合う。碧の背後に立つ椿の姿に気づいた彼は、軽く両目を見開いた。

「タマ、そちらは？」

「お客さまですよ。都築さんの双子のお姉さんです」

「都築さんの？」

椿の素性《すじょう》に、さすがの大樹も驚きを隠せなかったようだ。それでもすぐに我に返り、笑顔で「いらっしゃいませ」と挨拶《あいさつ》をする。彼が暖簾を外に出している間に、碧は椿をカウンターに案内し、好きな席に座ってもらった。

「あの男の人もバイトなの？」

「いえ、店主です。前の女将《おかみ》さんの孫で、亡くなってから跡を継いだんですよ」

「なるほど。私とあんまり歳、変わらないよね？　若いのにすごいなぁ」

カウンターの内側に入った碧は、まずは流しで手を洗った。椿の前に熱いお茶とおしぼりを置き、手早くお通しの準備をする。

今日のお通しは、新鮮な長芋を使った一品だ。

表皮がきれいでハリがあり、ほどよい重さを感じられるのは質のよい証《あかし》。長芋の皮は仕込みの時間に剝《む》き、輪切りにして酢水にさらしておいた。熱したフライパンにバターと少量の刻みニンニクを入れると、食欲をそそる特有の香りが周囲に広がる。

バターが溶けたところで、切り分けた長芋をフライパンの上に並べていく。両面を焼いて色がついてきたら、醬油《しょうゆ》と砂糖、料理酒を混ぜた調味料を加えて味をととのえた。

それからお皿に盛りつけて、仕上げに刻んだ浅葱《あさつき》を散らせば完成だ。

「こちら、長芋のバター醤油ステーキです。できたては格別ですよ」

「ありがとう。見た目と香りですでにノックアウトだわ……」

長芋はすりおろしてとろろにしたり、サラダなどに入れたりして食べるのもいいが、熱を加えてもおいしくなる。生のときはしゃきっとした歯ざわりを、火を通せばほくほくとしたやわらかい食感を楽しむことができるのだ。

「ニンニクが入ってますけど大丈夫ですか？」

「気にしなーい。このあとはホテルに帰って寝るだけだしね」

明るく笑った椿は箸《はし》をとり、長芋ステーキにかじりついた。

「熱っ！　でもおいしい。ビールが飲みたくなってきた」

「いいですね。ワインにも合うと思いますよ」

お品書きを差し出すと、椿は「どうしようかなあ」とつぶやきながら、楽しそうな表情で食べたいものを注文していった。ビールを筆頭に、手づくりの特製ドレッシングをかけたシーザーサラダと、酒の肴《さかな》として人気が高いエイヒレの炙《あぶ》り。

「あ、牛すじの煮込みもある。うちのほうでは『どて煮』って呼んでるけど。八丁味噌《みそ》でとろっとろになるまで煮込むのが最高なんだよね」

椿の言葉に反応し、近くで秋刀魚《さんま》を下ろしていた大樹が話しかける。

「九重さん、もしかして愛知の方ですか?」

「ええ。わかります?」

「どて煮も八丁味噌も、そちらの名物だなと思って」

「実は母がよくつくってくれるんですよ。私、いまは母とふたり暮らしで。残業で夜遅くに帰ることも多いんですけど、母がいつも夕飯をつくって待っていてくれるんです。悪いとは思っても、疲れてるときはつい甘えちゃうんですよね」

苦笑した椿は、グラス入りのビールに口をつける。

(九重さんのお母さん……)

彼女の母は、都築の実母でもある。再婚もせず、ひとりで働き娘を育て上げたと聞いているので、気概のあるしっかりとした人に違いない。椿の口ぶりからして、娘との関係も良好だということがわかる。

——でも、都築さんのほうは……。

「大将さん、今日のおすすめはなんですか?」

「ひよこ豆のコロッケですよ。ファラフェルとも呼びます」

「それも食べてみようかな。とりあえずは以上で」

「かしこまりました」

奥の厨房に入った大樹は、バットを手に戻ってきた。そこに載っているのは、碧がさきほど下ごしらえをしたコロッケのタネだ。

大樹がコロッケを揚げはじめると、格子戸が開いて顔なじみの常連客が入ってきた。会社帰りのグループ客も来店し、店内がにわかに活気づく。今日は零一《れいいち》が休みをとり、接客スタッフも碧だけのため、きびきびと仕事をこなしていかなければ。

「タマちゃーん、注文頼むよ」

「あ、はい！」

それからしばらく、碧は余計なことを考える暇もないまま、くるくると働いた。注文をとって大樹に伝え、できあがった料理を運ぶ。ときには調理も手伝いつつ、大樹と力を合わせて注文品にとりかかった。

「お待たせしました」

小上がりのお客に日本酒とお猪口《ちょこ》を届けると、ようやくひと段落がつく。

安堵《あんど》の息をついた碧は、にぎわう店内を見回した。仲間と楽しく語り合う人たちもいれば、ひとりで静かにお酒を楽しむ人もいる。常連客も一見《いちげん》さんも、満ち足りたひとときを過ごせているようでほっとした。

厨房に戻った碧は、そういえば椿はどうしているだろうと視線を向けた。

彼女は何杯目かのビールを飲みながら、ぼんやりと店内の様子を見つめている。顔が赤く染まっているので、だいぶ酔っているのかもしれない。碧が酔い覚ましの白湯《さゆ》をサービスすると、「ありがとう」と言って微笑む。

「ここ、いいお店ね。はじめて来たのに落ち着く感じ」

「気に入ってくださったのなら嬉しいです」

「航の行きつけなんだよね。今日は来ないかな?」

「うーん、どうでしょう。お仕事の都合もあるだろうし」

「そうだよねえ……」

グラスを置いた椿は、物憂《ものう》げに目を伏せた。白湯を一口飲み、ぽつりと言う。

「私、航とはもう十年以上会ってないの」

「え……」

「叔母から聞いてるかもしれないけど、小二のときに両親が離婚したんだ。父が再婚してからは、母も私も向こうの奥さんに遠慮してね。航には新しい家族ができたんだから、自分たちは出しゃばらないほうがいいだろうって」

「……」

プライベートな話なので聞いてもいいのかと思ったが、椿は誰かに話したいのかもしれない。碧は黙って耳をかたむける。

「それでも近況報告を兼ねて、年賀状のやりとりはしてたんだけど、本人と会う機会はなかったな。中三のころ、東京の祖母が亡くなったときにお通夜には行ったよ。でもそのときに、もう会いたくないって言われちゃって」

「どうして……」

「理由はわからない。航のことは母も気にかけてるし、会いたがってもいるけど。新しい母親とはうまくいかなかったって聞いたから。けどまあ、航にもそれまでの人生があるからね。簡単には受け入れられない事情があるのかも」

言葉を切った椿は、神妙な面持ちで話を聞いていた碧を見上げる。

「玉木さんって、航と仲がよかったりする？」

「え？　ふ、普通ですよ」

「わかる範囲でいいから、性格とか好きなものとか教えてもらえないかな。私、子どものころの航しか知らないでしょ？　いまの航がどんな大人になったのか知りたくて」

「九重さん……」

「お酒とか強いのかなあ」

碧はひとりっ子なので、きょうだいという関係については想像するしかないけれど。幼いころに別れても、やはり気になる存在なのだろうか。異性のきょうだいは成人すると疎《そ》遠《えん》になることも多いらしいが、双子となればまた違うのかもしれない。

「お役に立てるかわかりませんけど、わたしでよければ」

「ほんと？　ありがとう！」

自分が知る限りの話をすると、椿は興味津々《しんしん》といった表情で聞いてくれた。

「ところで、都築さんってお姉さんが東京にいることはご存じで？」

「一応、手紙では知らせたよ。連絡先も教えたけど、いまのところは無反応」

椿はさびしそうな表情で肩をすくめた。返す言葉を探していると、彼女は重たくなった空気をふり払うかのように陽気な声を出す。

「しんみりさせちゃってごめんね。なんだか甘いものが食べたくなってきちゃった。おすすめとかある？」

「デザートでしたら、季節の果物を使った限定品はどうですか？」

お品書きに目を通した椿は、これはと思うものを見つけたのか顔を上げる。

「焼きりんごがある。しかもバニラアイス添え！」

「紅玉《こうぎょく》を使った特別メニューですよ。召し上がりますか？」

「もちろん！　私、りんごって大好き」

椿は屈託《くったく》のない笑みを浮かべた。本当に好物なのだろう。

大樹に注文を通すと、彼は仕入れたばかりの紅玉をとり出して調理をはじめた。きれいな赤の果実を見つめていたとき、以前に聞いた都築の言葉がよみがえる。

『りんごは……嫌いです』

いい思い出がないのだと話していたが、いったい何があったというのだろう？

「タマ、ちょっと手伝ってくれ」

「はい！」

大樹に声をかけられた碧は、思考を中断させて仕事に戻った。


「すみませんが、ここで少し待っていてもらえますか？　すぐに戻るので」

運転手にそう告げた都築は、タクシーの後部座席から外に出た。

十月も下旬になると、さすがに夜は肌寒い。小さく身震いした都築の前に建っているのは、行きつけの店である小料理屋「ゆきうさぎ」。格子戸の前には屋号にちなんだ白い暖簾が吊り下がり、あたたかな色の明かりが漏れていた。

(それにしても、なんだって椿がこの店に……)

少し前、通常の勤務を終えた都築は、映像授業の撮影に向けて準備をしていた。授業内容を練っているとスマホが鳴り、碧から連絡が入ったのだ。

『もしもし、都築さん?　いま話しても大丈夫ですか?』

まさか彼女から電話が来るとは思わなかったので、声が聞けたことは嬉しかった。番号は前に教えていたが、実際に連絡をくれたのははじめてだったのだ。しかし、碧の目的は自分が期待したようなものではなく──

『実はいま、九重椿さんが「ゆきうさぎ」に来店されているんです』

「え?」

『それでその、ちょっと酔いつぶれてしまったと言いますか。時間も遅いし女性だし、ひとりでホテルに帰っていただくのが心配で……』

彼女の意図はすぐにわかった。思いもよらない事態に戸惑ったが、碧を困らせたくはなかったので、相手が望んでいるであろう返事を口にする。

「事情は承知しました。いまから迎えに行きます」

残業を切り上げた都築は、大通りでタクシーをつかまえて「ゆきうさぎ」に向かった。

椿が東京に来ていることは、何日か前に届いた手紙で知っていた。電話番号やメールアドレスも記されており、滞在中に会わないかと誘われたが、返事はまだしていない。それなのに、こんな形で再会することになろうとは。

（しかたない……行くか）

格子戸を開けると、煮物や揚げ物、そして濃厚な酒の匂いが混じり合った香りが鼻腔をくすぐる。満席ではなかったが、七割ほどの席が埋まっているだろうか。

「都築さん！」

お盆を持って通路に立っていた碧が、こちらの姿に気づいて駆け寄ってくる。

見た目に関しては、はじめて会ったときからほとんど変わらない。しかし彼女は、この一年で雰囲気がぐんと大人びた。就職活動などで社会の荒波に揉《も》まれるようになったからか、それとも別の理由か。どちらにしろ、魅力が増したのは間違いない。

「こんばんは。さっきは急に電話してすみませんでした」

「いいえ。こちらこそ、姉がご迷惑をおかけしているようで」

「迷惑だなんて。いまは小上がりで休んでいただいています」

碧のあとについて座敷に向かうと、店側の配慮か、一部に衝立《ついたて》で区切られたスペースが出現していた。中をのぞきこんでみれば、薄手の毛布で体をくるんだ姉らしき女性が、芋虫のような格好で横たわっている。顔は見えないが眠っているのだろう。

「少し飲み過ぎちゃったみたいですね」

（まったく。いい歳をして何をやっているんだ）

あきれていると、碧が「あの」と遠慮がちに口を開いた。

「都築さんを呼んだのは、わたしの独断なんです。九重さんはひとりで帰れるから知らせなくていいって言っていたんですけど」

「……」

「九重さん、都築さんに会いたがっているように見えたから。どんな大人になったのかなって、知りたがってもいましたし。だからいろいろ話したんですけど、余計なお世話だったらごめんなさい」

――椿は彼女に、どこまで事情を話したのだろう？

碧の話を聞いていると、なんとなく、かなり深いところまで知られてしまったような気もした。だが、それをたずねている暇はない。眼鏡を押し上げた都築は、できる限り平静を装《よそお》いながら答えた。

「碧さんがあやまる必要はないですよ。とりあえず、姉は自分が引きとります。外にタクシーを待たせているので、それでホテルまで送ろうかと」

「でも、ホテルってけっこう遠いみたいですよ」

碧から宿泊先の場所と名前を聞いた都築は、反射的に眉を寄せた。タクシーで行けばかなりの乗車賃がかかってしまう。給料日前の身には痛い出費だが、そんな金すらない男だとも思われたくなかったので、虚勢を張る。

「なんの問題もありませんよ。お手数をおかけしました」

「気をつけて帰ってくださいね」

姉の代わりに会計をすませた都築は、へべれけになった彼女を背負って店を出た。

「ほら、乗って」

ふらつく椿をなんとかタクシーに押しこめると、運転手にはホテルではなく、自分が住むマンションの住所を告げた。金をかけて遠くのホテルまで送り届けるのは割に合わないし、だからといって身内をそのあたりに放り出すこともできない。

(朝になったら叩き起こそう……)

ため息をついた都築は、隣で眠りこける双子の片割れをちらりと見た。

きちんとまとめていた髪は乱れ、眼鏡も少しずれている。顔の造作は似ていても、血を分けた姉とは思えないだらしなさだ。「ゆきうさぎ」だからよかったものの、ここまで酔いつぶれてしまっては、危険なことに巻きこまれる可能性だってあるのに。

——目が覚めたら、一度厳しく叱《しか》っておかなければ。

「お客さん、ここでいいですか?」

そんなことを考えているうちに、タクシーはマンションの前に到着した。

クレジットカードで乗車賃を支払い、おぼつかない足取りの椿に肩を貸しながら、エントランスに入る。途中で顔見知りの住人と鉢合わせたが、彼は何を誤解したのかにやりと笑い、「頑張れよー」と声をかけてきた。

「いえ、この人は……」

弁明しかけたが、下手に言いわけしないほうがいいかと思い直す。

都築は相手に会釈だけしてその場を離れ、エレベーターで二階に上がる。部屋に入ってベッドに椿を寝かせ、布団をかけると、ようやく人心地がついた。

「んー……。お水……」

小さなうめき声が聞こえてきたので、冷蔵庫からとり出したミネラルウォーターを飲ませる。喉《のど》を潤した彼女がふたたび眠りに落ちると、都築はついでに持ってきたビールの缶を手に、パソコンチェアに腰を下ろした。

フローリングの室内は、家主の几帳面な性格をあらわしているかのように、掃除と整理整頓が行き届いていた。壁にしつらえた本棚には、仕事で使う学術書はもちろん、趣味で集めた洋書のペーパーバックもずらりと並んでいる。

ソファが置けるほど広くはないので、今夜は床で寝るしかない。翌朝の体の痛みを覚悟した都築は、缶ビールのプルタブに手をかけた。軽快な音のあとに口をつけると、はじける泡と喉を流れていくビールの苦味が、昔の記憶を呼び起こす。

『もう会いたくないんだ。母さんにも椿にも』

十一年前、祖母の葬儀が終わったとき、都築は久しぶりに再会した姉に言い放った。

あのときは、自分を可愛がってくれた祖母を喪《うしな》った悲しみが強く、別れた家族を気遣う余裕などあるわけがなかった。世間体と仕事、息子の成績にしか興味のない父と、気の合わない継母のもとに戻らなければならないショックで、苛立ってもいた。

『椿にはわからないだろうね。僕の気持ちは』

『航……』

両親が離婚したとき、当時の母はふたりの子どもを引きとって養えるだけの経済力がなかった。育てられるのはひとりが限界だったのだ。ある程度の養育費はもらっていたらしいが、離婚から数年は金銭的に苦労したと聞いている。

パートから正社員になると生活も安定し、椿を大学に通わせることもできたそうだ。一方の自分は大学を出るまで、学費と生活費に困ることはなかった。その点だけは父に感謝しているが、本当は母や椿と一緒に暮らしたかった。

貧乏でもかまわない。どうして母は、自分を連れていってくれなかったのか。しかたがなかったのだとわかっていても、感情が納得できなかった。そんな母への恨みと姉への妬《ねた》みが積もりに積もって、祖母の葬儀で爆発してしまったのだ。

父や継母と疎遠になり、大人になった現在は、実母と姉に対してそこまで強い気持ちは抱いていない。ふたりが健康で、平穏に暮らせているのなら満足だし、子どものころにほしかったものを、いまさら求めるつもりもなかった。

とはいえ自分で突き放した手前、何年も顔を合わせていない家族と、何事もなかったかのように会うのは抵抗があった。どの面《つら》をさげて会えばいいのかわからず、先延ばしにすればするほど気まずくなって、ここまで来てしまったのだ。

(何かのきっかけさえあればと思っていたけど)

もしや、それがいまなのだろうか?

気がついたときには、缶ビールが空になっていた。明日は休みだし、もう一本飲みたくなって立ち上がる。部屋を出た都築は、キッチンの隅《すみ》に放置されていたスーパーの袋に目を留め、ぎくりと肩を震わせた。

「りんご……」

半透明の袋から見えるのは、大ぶりの紅玉がふたつ。隣で暮らす老夫婦に、親戚がたくさん送ってきたからとお裾分《すそわ》けされたものだ。受けとるつもりはなかったのに、誇《ほこ》らしげにおすすめされてしまい、断ることができなかった。

(昔は嫌いどころか、好物だったんだけどな)

りんごに罪はないのだが、どうしても思い出してしまうのだ。あの継母の顔を。

『ねえ、航くん。私のアップルパイ、前のお母さんがつくったものなんかより、ずーっとおいしいよね？　ジャムもクッキーも最高でしょ？』

父と再婚した継母は、しばらくは自分に対してとても優しかった。

彼女は実母よりも若くきれいな人だったが、子どもを産んだことはまだなかった。そのため、父の前妻に対抗心を燃やしていた気配があった気がする。

料理が得意な継母は、その腕で都築の心をつかもうとしていた。食事はもちろん、ケーキなどのお菓子にも常に力が入っていた。そしてそれらをふるまうとき、口癖のように耳元でささやくのだ。前の母親がつくったものよりおいしいだろうと。

継母のお菓子はどれも手が込んでおり、見た目も美しかったとは思う。

本音を言えば、都築は不器用な実母がつくってくれる、いびつな形のお菓子のほうが好きだった。だが少しでもそんなそぶりを見せれば、継母はあからさまに不機嫌になる。だから気を遣ってお世辞を並べ立てていたのだ。

『子どもはきれいでお料理上手なお母さんが好きでしょう。授業参観、うんとお洒落《しゃれ》して行ってあげる。お友だちも家に呼んで自慢してね』

『……』

『そうだ、りんごのお菓子を焼かないと。航くん、いつも褒めてくれるものねぇ？』

あのころの自分はほかの同級生のように、自分の家が好きではなかった。あそこにいるとうまく呼吸ができず、息苦しさを感じていたから。

継母は父の後妻だったが、前妻の子である自分に冷たくあたることはしなかった。いじめられることはなかったものの、継母の過干渉は重荷でしかなかった。常に継母の機嫌をとり、次第に甘ったるくなるお菓子を食べさせられる日々。それはまるで毒りんごのように、都築の精神を蝕《むしば》んでいき――

転機がおとずれたのは、再婚から二年後。妊娠が発覚したことで、継母の興味はあっさりと自分の子に移った。子どもができてからは連れ子に対して無関心になり、都築が何をしようとどうでもよくなったのだ。

露骨な手のひら返しに愕然《がくぜん》としていたとき、事情を知った父方の祖母が、自分を両親のもとから引き離してくれた。祖母の家で暮らしはじめて、都築はようやく深く息ができる気がした。そして自分が育った家庭が、いかに歪《ゆが》んでいたかを思い知ったのだった。

りんごの入った袋から目を離した都築は、もう一本の缶ビールを持って部屋に戻る。

(捨てるには忍びないし、椿に引きとってもらうか……)

パソコンチェアに座ってビールを一気飲みすると、猛烈な眠気が押し寄せてきた。

だめだ、こんなところで眠っては。しかし抵抗もむなしく、都築の意識はあっという間に夢の世界にさらわれていってしまった。


それから一夜が明けた、朝八時。

身支度をととのえた双子の姉弟《きょうだい》は、ローテーブルを挟んで向かい合っていた。

「申しわけありませんでしたっ!」

きちんと正座をした椿が、がばっと頭を下げる。

スーツにはしわが寄っていたが、顔を洗って髪も直した椿は、昨夜とは別人のようにこざっぱりとしていた。目覚めたばかりのときは見知らぬ部屋に混乱していたが、弟の住まいだと知ってからは落ち着きをとり戻したようだ。

「まさか、こんな情けない姿で航と会うことになろうとは……!」

「その通りだな」

「うう、すみませんでした。今後は酒量に気をつけて、楽しく飲むことを誓います」

「飲むのかよ」

「禁酒は勘弁して。仕事終わりの癒やしだから」

顔を上げた椿は抜け目なく、そんなことを言う。

調子がいいとは思ったが、一通りの説教はしたし、おそらく反省もしたはず。肩をすくめた都築はテーブルに目をやり、「冷めるから食べよう」とうながした。

テーブルの上に並んでいるのは、少し焦げてしまった玉子焼きと、脂《あぶら》を飛ばしてカリカリに焼いたベーコン。もしものためにと冷凍しておいた食パンのトーストが一枚と、特売で購入したインスタントコーヒーだ。今日は買い出しに行くつもりだったので食糧《しょくりょう》が少なく、ひとりぶんの朝食しか用意できなかった。

「この玉子焼き、ちょっと焦げてるけどおいしい。甘さ控えめで」

「甘すぎるのは好きじゃないんだ」

「ああ、わかる。けど、航って辛いものも苦手だったよねえ。カレーもマイルドじゃないと食べられなかったでしょ。だからお母さんが蜂蜜《はちみつ》とかで甘くして」

椿の言う通り、自分は辛い食べ物があまり得意ではない。現在はよほど辛くない限り普通に口にしているが、昔は舌を攻撃されているような刺激が嫌だったのだ。

「けど、そんな昔のことよく憶えてたな」

「だってうちのカレー、いまだにあのときと同じ味だし」

「え……」

食事の手を止めた都築に、椿はにっこり笑いかける。

「お母さん、つくり方変えてないから。いまだにあれが我が家の味」

何気ない会話をかわしながら、都築たちは朝食を半分ずつ分け合って、腹の中におさめていく。ふたりで何を話せばいいのかと思ったが、不思議と緊張しないし、気まずいとも感じない。波長が合うというのは、こういうことなのかもしれなかった。

「それにしても、すごい本の量！　洋書まであるし。これぜんぶ読んでるの？」

「読まないものは最初から買わない」

「へえ……。読書家なところはお母さん似か」

嬉しそうな顔をした椿が、ベーコンの最後の一切れをさわやかに奪いとる。

「私も本はけっこう読むよー。さすがに洋書は無理だけど。お母さんと一緒に本屋に行くとね、おもしろそうなもの教えてくれるの。新聞や雑誌の書評、いつもチェックしてるみたいだから詳しくて」

（そういえば、椿は母さんと一緒に住んでいたんだったな……）

「椿……その、母さんはどうしてる？　元気にしてるのか」

「元気元気。パート仲間に誘われて、一年くらい前から社交ダンスをはじめてね。中高年のサークルで楽しくやってるよ。下手したら私よりキラキラしてる」

「そうか」

「航には内緒ねって言われたんだけど、恥ずかしがることないのにねえ。発表会の衣装もすごく可愛かったし。もしかしたら近いうちに彼氏なんかもできるかもね」

「そ、それは……。まあ、母さんが幸せなら……」

　現在の母は、自分が思っていた以上に充実した日々を過ごしているようだ。椿が大学を出るまでは正社員として勤め、卒業後もパートで働く勤勉な母。子どもたちも成人したことだし、これからは自分の好きなことをしながら暮らしてほしい。

「私、来月から東京でしょ？　転勤するって言ったときはさびしがってたけど、案外ひとりでものびのびやっていくんじゃないかな。まだ五十代だから体も動くし、元気なうちに第二の人生を楽しんでもらわなきゃ」

　朝食を食べ終えると、椿は「料理はやってもらったから、お皿は私が洗うね」と言って立ち上がった。重ねた食器をお盆に載せ、キッチンに入っていった姉は、ほどなくして部屋に戻ってくる。

「ねえ、床の隅っこでりんごが放っとかれてるんだけど」

「もらいものなんだ。よかったら持って帰ってくれないか。りんごは食べないから」

「え？　昔は大好きじゃなかったっけ」

「まあ、いろいろあって……」

何かを察したのだろう。言葉を濁《にご》す都築に、椿はそれ以上の問いかけはしなかった。

「それじゃ、遠慮なくいただくわ。さっそく調理してもいい？」

「調理？」

「実はまだ食べ足りないんだよね。りんごは好きなんだけど、ホテルに持ち帰っても生で食べるくらいしかできないし。だからちょっとキッチン貸してよ」

「別にいいけど、仕事は大丈夫なのか」

「今日はお休みだから平気」

話をしながら、椿はキッチンの食材と調理器具を確認していく。

「うわ、立派なレンジ！　ほとんど料理しないのに、なんでこんないいもの買ったの？」

「高性能の家電が好きなんだ。洗濯機や掃除機も。値段は高くなるけど」

「ふうん。意味があるんだかないんだか。宝の持ち腐《ぐさ》れじゃもったいないでしょ。ちゃんと使ってあげればいいのに」

足りないものをメモ帳に書き留めた椿は、財布を手にしてすぐ近くにある二十四時間営業のスーパーに出かけていった。しばらくして買い物から帰ってくると、ポリ袋から食材や調味料を出して調理にとりかかる。

「このマンション、スーパーが近くていいね。駅もそんなに遠くないし」

「家賃はそのぶんかかるけど」

興味を引かれて近づくと、椿は皮を剝いたりんごを半分に割り、危なっかしい手つきで芯《しん》をくり抜いていた。ちらりと見えた袋の中には、まだ何か入っている。

「バニラアイス？」

「それ、使うまで冷凍庫に入れといてー」

椿が買ってきたのは、どこの店でも売っているようなメジャーなカップアイス。言われた通りに冷凍庫にしまっている間にも、彼女の手はせわしく動いていた。

「何か手伝おうか」

「ほんと？　じゃあ飲み物のほうをおまかせしようかな。やり方は教えるから」

都築は姉の指示に従って、もう一個のりんごの皮を剝いた。包丁はうまく扱えないのでピーラーを使う。種をとりのぞいてからおろし金ですったものに、水とレモン汁を混ぜて火にかける。

甘酸っぱい果実の香りを嗅《か》いだとき、反射的に継母の顔が脳裏に浮かんだ。しかし不思議なことに、いつもより嫌悪感が薄れている。

(椿が隣にいるからか……?)

そんなことを考えながら、都築は鍋の中に蜂蜜とおろし生姜《しょうが》を加えていく。

一方の椿はまな板の上に割り箸を置き、その間にりんごを設置して等間隔に包丁を入れていった。割り箸を使うと、切ってもぎりぎりでつながったままになるそうだ。切りこみを入れたりんごは耐熱容器に載せ、茶色い液体を刷毛《はけ》で塗りつけていく。

「それは?」

「溶かしたバターと黒砂糖、あとはシナモンパウダーを少々。オーブンは予熱した?」

「ああ。オーブン機能なんてはじめて使った」

普段はあたためと解凍でしか稼働していないレンジだが、こんな形で役立つ日がこようとは。やはりスペックは高いに越したことはない。

最後に砕いたナッツを散らしてから、耐熱容器をオーブンの中に入れる。

それからしばらくして、キッチンには香り高いシナモンと、こってりしたバターが混じり合った匂いがこれでもかとばかりに広がった。焼き上がったりんごは皿に盛りつけ、仕上げにバニラアイスを添えて完成だ。

「はい、できましたー。焼きりんごのハッセルバック風！」

「ハッセルバック？」

「スウェーデンだかどこかの料理でね、本当はジャガイモでつくるんだって。最近はいろいろアレンジするのが流行《はや》ってるらしいよ。ナスでもトマトでも、こうやってアコーディオンみたいに切りこみを入れて。これならアレンジも自在だよね」

「なるほど……。よく知ってたな」

「実は昨日、『ゆきうさぎ』で大将さんから聞いたんだ」

意外な人物の登場に、都築は眼鏡の奥の目を軽く見開いた。

「雪村さんから？」

「デザートに食べた焼きりんごが、ちょうどこんな感じだったの。おいしかったからレシピまで教えてもらっちゃった。もちろんお店の味にはかなわないけどね」

椿は調理台の上に置いてあったメモ用紙を手にとって、ひらひらとふった。

昨日、彼女は祖父母が住んでいた家がなつかしくなって、様子を見に行ったらしい。祖母の死後、土地は売りに出されたため、いまでは別の家が建っている。それでも幼いころの幸せな思い出に浸りたかったのだろう。

その気持ちは痛いほどよくわかった。なぜなら自分もそうだったから。

一年前、都築も姉と同じように、昔の記憶をたどりながら町を散策していた。そして「ゆきうさぎ」の前を通ったとき、その店で食事をした思い出がよみがえり、気がついたときには暖簾をくぐっていたのだ。

「ではでは、いただきまーす」

部屋に戻ると、椿が熱々の焼きりんごにフォークを突き刺した。薄く切ったうちのひとつを溶けかけたバニラアイスに絡めてから、ぱくりと頬張る。

「ああ、おいしい……。生のりんごもフレッシュだけど、あったかいのも最高」

「そうか」

「シナモンとも合うしね。切り分けてあるから食べやすいよ」

椿は耐熱グラスに手を伸ばした。そこには都築がつくったホットアップルジンジャーが入っている。果肉入りのそれは生姜も加えてあるので、体の中からあたたまる。

白い湯気が立つグラスに口をつけ、椿は幸せそうに表情をゆるめた。おいしそうに食べたり飲んだりする姿は、どこか碧に通じるところがある。

その雰囲気に引き寄せられた都築は、食べかけの焼きりんごをじっと見つめた。熱心な視線に気づいた椿が、「よかったら食べない？」と言って、遠慮がちに新しいフォークを差し出してくる。

りんごは嫌いだ。でもこれは、継母の甘すぎる毒りんごでは決してなく――

「無理はしなくていいからね」

「いや……一口だけなら」

フォークを受けとった都築は、震える手で焼きりんごを一切れ突き刺し、おそるおそる口に運んだ。

思い切ってかじってみると、甘くてスパイシーなシナモンの香りが鼻を通り抜ける。ほどよく酸味のあるりんごの果肉が、濃厚なバターと冷たいバニラアイスにうまく混ざり合うことで、味わい深く仕上がっていた。香ばしいナッツの歯ごたえもたまらない。

「美味い……」

そのひとことをつぶやいた瞬間、長らく自分を縛りつけていた継母の呪縛《じゅばく》が、ようやくゆるんだような気がした。いまはこれが限界だけれど、トラウマの原因であるりんごを口にできたという事実が、克服につながる大きな一歩になっていくのは間違いない。

フォークを置いた都築は、ほっとしたようにこちらを見つめる姉と目を合わせる。

「りんごが食べられたんだから、母さんに会いに行くのもできるはずだよな」

「！」

「社交ダンスの発表会、次は必ず見に行くよ」

第2話　霜月ほくほく秋物語

十月二十四日、十八時三十分。

その日、碧《あおい》は自宅マンションの台所で夕食の支度にとりかかっていた。

製薬会社の研究所に勤めている父は、帰宅が遅い日のほうが多い。忙しい時期は深夜になったり、職場に泊まりこんだりすることもあるが、今日はめずらしく十九時過ぎには帰れるとのことだった。碧もバイトがないので、久しぶりに一緒に食事がとれる。

「うふふ……」

ひとりでにんまり笑った碧の前には、まな板の上に置いた二本（と数えるらしい）の青魚。黒い背に、銀色の輝きが美しい腹部。細長い刀を思わせる魚は、秋の味覚の代名詞とも言える秋刀魚《さんま》だ。商店街の鮮魚店で新鮮なものが入荷したと大樹《だいき》から聞き、わくわくしながら向かったところ、なじみの店主が笑顔で迎えてくれた。

『お、碧ちゃん。いらっしゃい』

『こんにちは。秋刀魚が入荷したみたいですけど、まだありますか？』

『ははあ、大ちゃんから聞いたんだな。ほれ、見てみな。口先も黄色いし、目玉もきれいだろ。体も曲がってなくてピンとしてる。これが新鮮な証《あかし》だよ』

『いいですねえ。まるまる太っておいしそう……』

『旬だから脂《あぶら》もたっぷりのってるよ。お父さんに食わせてやりな』

店主は残っている秋刀魚の中で、特によいものを二本選んで包んでくれた。

魚を数えるときは「匹」や「尾」などが一般的に使われているが、秋刀魚や鰤《ぶり》、鰹《かつお》などの細長い魚は「本」と数えることもできるそうだ。

これが平目のように平たい魚になると「枚」。烏賊《いか》や蟹《かに》などは、胴体の形状が似ているということから「杯」と数える。秋刀魚と同じく細長くても、針魚《さより》や白魚《しらうお》のような小型になると「条」と呼ぶらしい。しかもこれらは生きているときではなく、市場に出回ってからの数え方だというのだから、日本語は奥深い。

『碧ちゃんはお得意さんだからな。ちょっとサービスしようか』

『うわぁ、嬉《うれ》しい。ありがとうございます！』

値引きをしてもらった秋刀魚は、蒲焼きやフライにしてもおいしいけれど、今日はシンプルに塩焼きにしよう。

碧は包丁を手にすると、まずは秋刀魚の鱗《うろこ》を確認し、丁寧にこそぎとっていった。流通された時点でほとんど鱗がはがれているが、わずかにでも残っている場合はとりのぞいておく。少しの手間で、焼き上がったときの味に差が出るのだ。

鱗をとり終えた秋刀魚は、軽く水洗いしてからキッチンペーパーで水気を拭きとる。それから熱の通りをよくするために切りこみを入れ、粗塩《あらじお》をふった。

身の中に塩を染みこませるため、少し時間を置いている間に、碧はほかのおかずをつくることにした。手を洗って魚の臭みをとってから、冷凍庫の扉を開ける。種とワタをとり保存していたカボチャを、今日のうちに使いきってしまおう。

(やっぱり煮物かな。お父さん好きだし)

鶏《とり》の挽《ひ》き肉も残っていたので、碧は油をひいた鍋でそれらを炒《いた》めた。水と鶏ガラスープの素《もと》を入れ、さらに自分の好みでカレー粉と少量のバターも加える。これを煮込んでいけば、ほっくりとしたカボチャの甘みと、香り高いスパイスの辛さが堪能《たんのう》できる、おいしい洋風煮物ができあがるだろう。

加熱して煮汁を飛ばしながら、隣のコンロでなめこと豆腐《とうふ》の味噌《みそ》汁をつくる。父は漬け物も食べたいはずだと、蕪《かぶ》の浅漬けを冷蔵庫から出した。

ちょうどご飯が炊《た》けたところで、父から電話がかかってきた。

「もしもし」

『碧?　駅に着いたよ』

「了解でーす。じゃ、お魚焼いちゃうね」

『今夜は焼き魚か』

秋刀魚だと言った瞬間、電話越しに嬉しそうな気配が伝わってくる。

通話を切った碧は、余分な水気を落とした秋刀魚を、予熱ずみの魚焼き用のグリルに入れた。あとはスイッチを押して焼けるのを待つだけ。

食欲をそそる焼き目がついたパリパリの皮に、脂がのったふっくらとした身。熱々の塩焼きに醤油《しょうゆ》をかけ、さっぱりとした大根おろしと一緒に頬張《ほおば》る。すだちやレモンを添えてもいいだろう。ああ――考えただけでにやけてしまう。

「あ、そうそう。におい対策しないと」

我に返った碧は、普段飲んでいる緑茶の缶を棚から出した。焼き魚はおいしいのだけれど、いかんせんにおいが残る。そんなときにお茶の出がらしを使ったり、茶葉をフライパンで炒《い》ったりすると消臭効果が期待できるらしい。

(出がらしはないからお茶っ葉を炒って……)

フライパンをとり出したとき、ダイニングテーブルの上に置いてあったスマホがふたたび着信を告げた。また父だろうかと思ってスマホを手にした碧は、ディスプレイに表示されている番号を見て動きを止める。

――登録のない番号で、この市外局番は……!

心臓がにわかに早鐘を打ちはじめた。四度目のコールの途中で通話ボタンを押す。

「も、もしもし」

『こちら、玉木《たまき》碧さんの携帯電話でよろしいでしょうか？』

声を震わせながら「はい」と答えると、相手が名乗る。

電話をしてきたのは予想通り、先日碧が面接を受けた女子校の関係者――高等部の校長その人だった。面接の日から約一週間。はじめの数日間は肌身離さずスマホを持ち、連絡を待ちわびていたけれど、もしかしたら不採用通知が届くのかもしれないとあきらめかけてもいた。

その矢先に来た連絡に、驚きと同時に大きな期待がふくらむ。

『お待たせしました。選考が終了しましたので、結果をお知らせします。とはいえ、電話をかけたということで半ば察していらっしゃるとは思いますが』

小さく笑った校長は、緊張する碧にはっきりとした声音《こわね》で告げた。

『玉木碧さん。当校は来年度より、あなたを高等部の専任教諭として採用したいと考えております』

決定的な言葉を聞いたとき、碧はスマホを持つ手に力をこめた。

教師としての自分を求めてくれる場所を探して、これまで頑張ってきた。けれどもしかしたら、そんな場所はないのではないか。ふとした拍子に弱気になったとき、何度かそんなことを思ってしまったときもあった。

でも……。

『玉木さんを採用した理由は、大きく分けてふたつです。まずは、学力試験の結果が非常に優秀だったこと。そしてもうひとつは、あなたを当校でじっくり育てていけば、きっとよい教員に成長すると確信できたからです』

「……」

『新卒の方は一人前になるまでに、いろいろなことを教えこまなければならないので、即戦力にはなりません。それでも我々は、玉木さんの面接での受け答えを見て、この人を育ててみたいと思ったのです。新卒は生徒たちと年齢が近いぶん、歳《とし》が離れた我々よりも親しみを抱いてもらえるかもしれませんしね』

「校長先生……」

『はじめの一、二年は授業のみを担当して、ある程度経験を積んだところで、クラス担任や委員会、部活動の顧問なども請《う》け負《お》っていただきたいと考えています。慣れるまでが大変でしょうが、あなたならきっと大丈夫だと思いますよ』

一拍置いた校長が、真剣な声音で続ける。

『どうでしょう。このお話、引き受けていただけますか？』

「わたしは……」

答えは最初から決まっている。碧は大きく息を吸い、口を開いた。

「わたしは御校で働きたいです。未熟者ですが精一杯頑張りますので、ご指導のほどよろしくお願いいたします！」

気合いをこめた返事に、校長がほっとしたように笑う。

『よい心構えです。来年度からのご活躍を楽しみにしていますよ、玉木先生』

玉木「先生」――

校長が発したそのひとことが、碧の心を大きく震わせる。「先生」と呼ばれたことはこれまで何度もあったが、アルバイトだったり教育実習だったりで、なんとなく借り物の呼び名のような感覚があった。けれどいまは……。

それからいくつか今後の話をして、通話を切る。緊張の糸が切れると足から力が抜けてしまい、碧はその場に崩れるようにして座りこんだ。汗で湿った手のひらをぎゅっと握りしめると、実感とともに、じわじわとよろこびが湧き上がる。

（就職が決まった……。わたし、教員になれるんだ）

『大学生の能力なんて高が知れている。面接では人柄《ひとがら》はもちろんですが、その人が今後、社会人としてどれだけ成長できるかも見極めているんだと思います』

『碧さんの成長を期待してくれる学校は、きっとどこかにあるはずですよ』

頭の中に浮かんだのは、いつだったか都築が口にした言葉。

就職について悩んでいたとき、彼はそう言って碧をはげましてくれた。そんな学校があるのだろうかと半信半疑だったけれど、校長はまさに、自分を育ててみたいと言ったのだ。それはつまり、自分の成長を期待してくれていることにほかならない。

これまでの就職活動が頭をめぐり、目頭が熱くなる。視界がぼやけたとき、出入り口のドアが音を立てて開いた。

「ただいま。ああ、秋刀魚のいい香りが――」

嬉しそうに入ってきたのは父だった。右手に通勤カバン、左手にはなぜか桜屋《さくらや》洋菓子店のケーキボックスを持った父は、床に座って涙ぐむ碧を見てぎょっとする。

「どうしたんだ!?　まさかまた具合が」

「うう……。そうじゃなくて」

血相を変えて近づいてきた父に、碧はぐすぐすと鼻を鳴らしながら、採用の連絡が来たことを告げた。体調が悪いわけではないと知った父は安堵《あんど》して、娘の就職が決まったことを祝福してくれる。

「おめでとう。碧もついに先生になるんだな」

「まだ先だけど、三月になったら研修がはじまるって」

「そうか。頑張りなさい」

微笑《ほほえ》んだ父は、感慨《かんがい》深げな表情で、碧の顔をまじまじと見つめる。

「知弥子《ちやこ》が聞いたらよろこぶだろうな」

「あっ！　お母さんに報告しなきゃ」

立ち上がった碧は、リビングの横にある和室に入った。仏壇の前で膝《ひざ》を折り、遺影の母に向けて両手を合わせる。

（お母さん。わたし、来年からお母さんと同じ職に就くよ）

『はじめに言っておくけど、教職の道は厳しいわよ』

高校生のころ、進路の希望を伝えたとき、母はそんなことを話していた。

『理想通りになんてまずいかないし、人間の嫌な部分もたくさん見ることになる。碧が将来、自分の家庭を持つかどうかはわからないけど、もしそうなったら仕事と両立するのは大変よ。私を見ていれば想像がつくでしょ？』

母の言葉からにじみ出ていたのは、まぎれもない自嘲《じちょう》の意。

玉木家は共働きのため、平日は家事ができずに家の中が荒れたり、休日も疲れて寝るだけだったりすることが少なくなかった。子どものころは、学校から帰ると母親が「おかえり」と迎えてくれる友だちをうらやましく思ったこともある。

子どものころはさびしくて、母に文句を言ってしまったこともあった。しかし思い返してみれば、激務だからといってないがしろにされたり、苛立《いらだ》ちをぶつけられたりしたことは一度もない。母は忙しい日々の中、できる限りの愛情を娘にそそいでくれた。それがどれだけ幸福なことか、いまならよくわかる。

(わたしもお母さんみたいに、自分がやりたいことをやる。そしていつかはお母さんと肩を並べられるような、立派な先生になってみせるから)

仏壇の前で決意をあらたにすると、晴れ晴れとした気分になる。

ゆっくりとまぶたを開いたとき、背後に気配を感じた。

ふり向くと、プリンカップをひとつ手にした父が近づいてくる。桜屋洋菓子店の手づくりプリンは、生前の母が大好きだったもの。カップを仏壇に供えた父は、碧の隣に腰を下ろし、お線香を立てる。

「お父さん、桜屋に行ったんだ」

「本当はまっすぐ帰るつもりだったんだけどね。桜屋の前を通ったとき、なんだか甘いものが無性に食べたくなって。もしかして知弥子が知らせてくれたのかな」

首をかしげる碧に、父はおだやかに笑いながら言った。

「お祝いにはケーキが必要だろう?」

偶然なのだろうけれど、もしかしたら本当に、母はどこかで自分を見守ってくれているのかもしれない。そう思うと嬉しくて、ますますやる気が湧いてくる。

「よし！　それじゃ、まずはご飯にしよう。ケーキは食後のお楽しみ！」

「秋刀魚の塩焼きなら、熱燗《あつかん》で一杯やりたいなあ。ほら、碧が父の日にプレゼントしてくれた徳利とお猪口《ちょこ》があるだろう。あれで」

「いいけどあんまり飲み過ぎないでね。お父さん、今年の健康診断で肝機能の数値がちょっと悪くなってたでしょ」

「う……。最近は休肝日もつくってるよ。今日はおめでたい日だから」

「もー。少しだけだからね」

碧たちは何気ない話をしながら立ち上がり、和室をあとにする。

明かりを消す直前、ふと遺影に目を向けると、母はいつもより幸せそうに微笑んでいるように見えた。


十一月四日、八時四十分。

（やっぱり朝は冷えるなぁ……。マフラー巻いてくるんだった）

桜屋蓮《れん》はこの日、勤め先のパティスリーがある南青山《みなみあおやま》でも、実家がある洋菓子店の近所でもない街の通りを歩いていた。整備された石畳《いしだたみ》のメインストリートは、少しごつめのワークブーツを履《は》いていても歩きやすいので助かる。

ここは東京ではなく、港町として有名な横浜《よこはま》。その中でもメジャーな観光名所として知られている元町《もとまち》商店街だ。いま住んでいる下北沢《しもきたざわ》からは電車で一時間ほどかかるが、普通に通える距離ではある。元町・中華街《ちゅうかがい》駅から外に出ると、ほのかに潮《しお》の香りがしたので、海が近いのだろう。

まだ時間がはやいため、通り沿いの店はどこも準備中だ。

このあたりにはメンズ向けのシルバーアクセサリーを取り扱う店や、服や小物のセレクトショップもあるらしい。自分は幼なじみの大樹と違って、ファッションにはそれなりにこだわりがある。誰もが知るような高級ブランドに興味はないが、自分好みの商品をとりそろえた店を探し当て、掘り出し物を見つけるのが好きなのだ。

とはいえ、今日は買い物に来たわけではなく。

(えーと。この角を曲がって)

スマホに表示させた地図を頼りに、目的地に向かう。そこには一度だけ行ったことがあるのだが、一年以上も前なので記憶があやふやだ。

「あ……ここだ」

足を止めた蓮の前には、赤茶色のレンガを積み上げたような外壁が特徴的な、三階建ての小さな雑居ビル。半地下につながる階段のそばには、『秋の味覚フェア開催中』と書かれたブラックボードが置かれていた。

ボードの下のほうに記されてあった店名は、『Pâtissrie《パティスリー》 Blanc《ブラン》 Pur《ピュール》』。

ここは蓮が勤めている店の二号店で、昨年の春にオープンした。裏通りだから目立たない上に半地下だけれど、お客の入りはまずまずらしい。隠れ家的な店構えが、落ち着いて過ごしたいマダム層や観光客に人気なのだそうだ。

ビルの裏手に回った蓮は、そこからスタッフ用の出入り口を通って店内に入る。

本店よりも狭いショーケースの内側では、コックコート姿の中年男性が、せっせとケーキを並べていた。本店では副店長兼スーシェフをしていた人なので、面識はある。

「福井《ふくい》さん、おはようございます」

「ん？　おお、桜屋くんか！　久しぶりだね。よく来てくれた！」

背後の事務室から声をかけると、ふり返った福井がにっこり笑った。人のよさそうな顔立ちと、肉づきのよい体格から「恵比寿《えびす》さま」とあだ名がついていただけあって、見ているだけでなんとなく、ご利益がありそうな気がする。

「いやー、助かったよ。ゆうべ、急に熱が出たって連絡が来てさ。いつもなら誰かしら代わりの人が見つかるんだけど、タイミングが悪くてねえ」

ブランピュールでは販売だけではなく、奥のスペースでティールームも営んでいる。今回はひとりのスタッフが急病とのことで、困った福井が本店に相談したのだ。本店のほうは人員に余裕があり、ピンチヒッターとして蓮が派遣されたのだった。

「俺はティールーム担当ってことでいいんですよね？」

「うん。制服は予備があるから、サイズが合いそうなものを着て。仕事内容は本店とほぼ同じだから。何か疑問があったらその都度に」

「わかりました」

「じゃ、夕方までよろしく頼むよ」

はいと答えた蓮は、小さな更衣室で着替えをすませた。本店ではコックコートを着ているが、今回は白いシャツに黒のベスト、蝶《ちょう》ネクタイといったギャルソンスタイルだ。こういったタイプの制服を着たことがあまりないので、新鮮な気分になる。

襟足《えりあし》の長い髪を後ろで縛った蓮は、確認のために姿見の前に立つ。

（まあ、悪くはないかな。ちょっとコスプレっぽいような感じもするけど）

そのまま更衣室を出ようとしたが、ふいに悪戯心《いたずら》が湧いた。

スマホをとり出した蓮は、カメラアプリを起動させた。姿見に映った自分の格好を写真に撮る。それを添付したメッセージをとある人に送ってから、スマホをロッカーの中にしまい、更衣室をあとにした。

（普段はこんなことしないけど、たまにはね）

あの写真を見た相手は、どんな反応を返してくるだろうか？

含み笑いをしながら、蓮は何事もなかったかのように仕事をはじめた。福井からメニューの説明を受け、ざっと目を通す。取り扱っているものは本店とほぼ同じで、異なるのは月替わりのフェアで限定販売しているデザートくらいだ。

「おすすめは栗《くり》きんとんのクリームチーズタルトと、和栗のミルフィーユですか」

「今月のフェアは、和洋折衷《せっちゅう》がテーマなんだ。フェア商品は僕の好きなものをつくっていいって、オーナーが言ってくれてね。わりと自由にやらせてもらってるよ。もちろん売り上げは度外視できないから、制約はあるけどね」

「へえ……」

「よかったら食べてみる？　おすすめするなら味を知っておかないとね」

「いいんですか？」

「実は桜屋くんに試食してもらいたくて、少し余分につくっておいたんだよ」

厨房《ちゅうぼう》に入った福井が持ってきたのは、大きめの白いプレート。そこには栗を使った二種類のデザートが一切れずつ載せられていた。

チーズタルトはオーブンで焼き上げるベイクドタイプで、美しい三角にカットされた表面には、きれいな焼き色がついている。台は波型のタルト生地でつくられていて、断面を見れば栗の甘露煮《かんろに》がごろごろ入っていることがうかがえた。お客に出すときは、ここに自家製のほうじ茶アイスを添えて提供するそうだ。

ミルフィーユのほうは、フィユタージュ、もしくはパート・フィユテとも呼ばれる折り込みパイの生地で、たっぷりのマロンクリームを挟んでいる。こちらにも大粒の和栗が使われており、表面はモンブランのように細長いクリームがしぼり出してあった。てっぺんに飾られた和栗の渋皮煮が、強烈な存在感を放っている。

「贅沢《ぜいたく》ですね」

「チーズタルトには栗きんとんを使ってるんだけど、それをつくるまでが大変でさ。完全に和風にするよりは、洋風にしたほうが合うかなと思ってね。ちょっと生クリームとか洋酒を加えてアレンジしてみたんだ」

「なるほど。それじゃ、いただきます」

蓮はフォークを手にすると、まずはチーズタルトの味見をした。

どっしりとした重さがあるタルトは、北海道産のクリームチーズを使っているとのことで、生地が舌の上でなめらかに溶けていく。酸味と塩分が控えめなのでクセがなく、生乳本来の味が活かされている。

栗きんとんはさつまいもを煮て裏ごししたものに、栗の甘露煮を合わせた和菓子だ。こちらにはバターと生クリームが入っているため、濃い目の味に仕上がっている。そこにクリームチーズのコクが加わって、さらに深みを増していた。

「これ、ラム酒も少し入ってますか？」

「風味づけ程度にね」

チーズタルトを食べ終えた蓮は、フォークとナイフを使って、ミルフィーユを皿の上にそっと寝かせた。倒すのは別にマナー違反でもなんでもなく、イギリスやフランスではこうやって食べるのが普通だ。

芸術的だが崩れやすいケーキは、パティシエに敬意を払い、できるだけその美しさを損なわないように気をつけながら食べていきたい。蓮はミルフィーユの底の部分を自分に向け、左側から手をつけた。ナイフで小さく切り分け、口に運ぶ。

サクサクとしたパイ生地は、「千枚の葉《ミル・フィーユ》」という名の通り、薄い層が重なり合って独特の食感を生み出している。間に挟まれたクリームは、和栗を使っているので素材の風味がよく出ていた。

てっぺんに飾られた渋皮煮は、厳選された丹波産《たんば》。ほのかな苦味と上品な甘さが大人向けで、食べごたえもあった。

「ごちそうさまでした。どっちもすごくおいしかったです」

蓮は満足してフォークを置いた。さすがは元スーシェフにして現店長。その腕は本店にいたときよりも、確実にパワーアップしている。福井は二十七歳の蓮よりひとまわり年上だが、自分も同じ歳になるころには同じレベルに達することができるのだろうか。

「そういえば福井さん、いつかは故郷に自分の店を出したいって言ってましたよね。福井さんならすぐにでも出せると思うんですけど」

「だといいんだけどねえ。できればもうちょっと資金を貯《た》めたくて。うちは子どもが三人いるだろ。いちばん上はじきに中学生だし、教育費もかさんでいくからなぁ」

なごやかな雰囲気に包まれながら、蓮は自分が使った食器を洗い、店内の掃除にとりかかった。ホウキで掃いたあとにモップをかけ、テーブルをきれいに拭いていく。普段は厨房にこもっているから、こういった仕事は新鮮だ。

開店三十分前になると、アルバイトの大学生が出勤してきた。今日は夕方まで、この三人で回す予定だ。十七時にもうひとりのバイトが来るので、蓮はそこで交代となる。

忙しく動き回っていると十一時になり、開店時刻を迎える。

蓮が出入り口のドアを開けると、そこには何人かの女性客が待っていた。反射的に口角を上げた蓮は、歓迎の意味をこめて笑いかける。

「大変お待たせいたしました。いらっしゃいませ」

一瞬、女性たちが動揺するそぶりを見せたものの、おそらく悪い意味ではない。それがわかっていたので、蓮はかまわずにこやかに、体をずらして道をあけた。

「どうぞ。ティールームをご利用のお客さまは順番にご案内いたします」

ケーキの販売は学生バイトが担当してくれるので、蓮はティールームを使うお客を奥へと案内する。半地下だがあえて太陽光は入れず、天井から吊り下げたペンダントライトの明かりが灯《とも》されていた。カラフルなステンドグラスのランプと、重厚感のあるテーブルや椅子《いす》などの調度品が、レトロな雰囲気をいっそう盛り上げている。

——やっぱり、本店とは印象がだいぶ違う。

元は純喫茶だっただけあって、店内は昭和の古き良き（経験したことはないが）時代の空気がただよっている。西洋風のゴージャスな本店の内装も魅力があるけれど、これはこれで落ち着いていていいと思う。一定以上の年齢の人はなつかしさを感じるだろうし、自分のような若い人間には新鮮に映る。

（一度はこんな店で働いてみたい気もするな……）

ティールームはそれほど広くないので、ひとりでもじゅうぶん対応できる。

席に着いたお客にはおしぼりとレモン水を運び、注文をとる。常連なのか慣れた様子のマダム客もいれば、ガイドブックを手にした観光客らしきグループもいた。人気の注文品はやはりフェア関係で、看板商品のフレジエを頼む人も多い。

「お待たせいたしました」

「わ、おいしそう！　ところでお兄さん、いつもここで働いてるの？」

紅茶のポットとティーカップ、ケーキを運んだとき、ソファ席に座っていた女性三人グループのひとりが気さくに声をかけてきた。三人とも蓮と同世代くらいだろう。

「今日だけの臨時ですよ」

「そうなんだー。私たち、何回かこのお店に来てるんだけどね。お兄さんみたいなカッコいい人はじめて見たからつい話しかけちゃった」

「ありがとうございます。普段は本店に勤めておりますので、よろしければそちらにも足を運んでいただけると嬉しいです」

蓮は笑顔のまま、ベストのポケットから名刺入れをとり出した。自分の名刺は仕事関係の人にしか渡さないが、本店のショップカードを持っていたのでそれを手渡す。

「南青山かー。今度行ってみようかな。ところでお兄さん、彼女とかいる？」

「さあ、どうでしょう？」

軽く訊《き》かれたので、蓮もまたさらりと返す。

会釈《えしゃく》をして席を離れると、「あれは絶対いるよ！」という声が聞こえてくる。この手のやりとりも慣れていたので、別になんとも思わない。空いたテーブルに向かった蓮は、使用済みのグラスやケーキプレートをお盆に載せて厨房に戻った。

そうこうしているうちに時間が過ぎ、いつの間にか十三時になった。

「桜屋くん、休憩行っていいよ」

「はい」

今日の昼食は、通勤途中のコンビニで買ったパンである。事務室には冷蔵庫も電子レンジもあるし、弁当でもよかったのだが、あまり腹をふくらませると動きにくくなってしまうので、いつも控えめにしていた。そのぶん朝食と夕食の量は多い。

ロッカーの中に袋ごと放りこんでおいたパンをとりに、蓮は更衣室に戻った。ロッカーを開けると、自然とスマホに手が伸びる。

「あれ？」

蓮はぱちくりと瞬《まばた》いた。大樹からメッセージが来るとはめずらしい。

不思議に思って開いてみると、それは個人的な用件ではなく、「ゆきうさぎ」のお知らせだった。今月の半ばに二日間、臨時休業するそうだ。そういえばこの前、叔父や母親と一緒に従姉《いとこ》の結婚式に出席すると言っていたから、その関係だろう。

(ほかは……特にないか)

午前中に写真を送った相手からは、返事は来ていない。それはともかく、既読の表示すらついていないというのはどういうことか。まだ数時間しかたっていないし、あの程度なら悪ふざけにもならない。気づいていないだけなのかもしれないけれど。

なんとなくもやもやとした気持ちになりながら、蓮は事務室で昼食をとった。返事のことはひとまず忘れて、午後の仕事にとりかかる。

十五時台はお茶の時間ということもあり混み合っていたものの、十六時になるとピークが過ぎ、ひと息つけるようになった。そして退勤まであと三十分になったとき、出入り口のドアが開き、呼び鈴が軽やかな音を立てた。

「いらっしゃいませ」

新しいお客に声をかけた蓮は、軽く両目を見開いた。入ってきたのはこの店ではあまり見ない、男性のふたり連れだったのだ。ひとりは四十代の半ばくらいで、もうひとりは十代か、せいぜい二十歳《はたち》。親子ならちょうどいい年齢差ではある。

（父と息子にしてはぜんぜん似てないけど……）

謎の二人組を奥に案内すると、青年が年長のほうに壁側のソファ席を譲り、自分は通路側にある椅子に腰かけた。まだ若いというのに、上座がそちらだときちんとわかっているようだ。ソファ席に座った男性は、かぶっていたハンチング帽はとったのに、サングラスをはずそうとはしない。

（っていうか、なんでサングラス……。今日は曇《くも》りなのに）

不審な気配を感じたが、蓮は気をとり直して彼らのもとに近づいていく。

「ご注文はお決まりですか？」

「あ、はい。季節のデザートセットをふたつ。俺は紅茶と和栗のミルフィーユを」

人なつこい笑みを浮かべながら、青年が答える。彼はサングラスを少しだけずらし、メニューを手にむずかしい表情をしている男性に話しかけた。

「マコトさん、いつまで悩んでるんですか。さっさと決めてください」

「わかってるから急《せ》かすな。やっぱりここは限定の栗を……。いやいや、洋梨も捨てがたい。それともいっそ定番の味をあらためて……」

「すみません。このおじさんはこれとこれで」

青年がメニューを指差すと、男性がぎょっとしたように顔を上げる。

「おいカナメ、勝手に頼むなよ」

「今日は栗のデザートを食べるために来たんです。もう忘れたんですか？」

「憶《おぼ》えてるよ。今日の目的は偵察だ」

はっきり言ってしまった男性はわざとらしく咳払《せきばら》いをしたが、まったくごまかしきれていない。青年もあきれたように額《ひたい》に手をあてたが、蓮は気づかないふりをする。

「と、とにかくほかのデザートに惑わされないでください。ということでこれとこれを」

蓮が男性に視線を向けると、彼は肩をすくめて「それでいい」と言う。どうやら主導権は意外にも、若いほうが持っているらしい。

「そのサングラス、いいかげんとったらどうですか。見えにくいでしょう」

「いや、これはほら、変装には不可欠だろ」

「もう意味ないというか、逆に悪目立ちしてますよ」

注文を伝票に書き留めた蓮は、「しばらくお待ちくださいませ」と告げて踵《きびす》を返した。

――あのふたり、ライバル店のスタッフか？

同業者が他店のラインナップや味、接客を偵察することはどこでも行われている。自分もやるし、特にめずらしくはないことだが、彼らは一般のお客を装《よそお》いたいはず。それなら余計なことは言うまいと決め、蓮は黙々と注文の品を用意する。

ほうじ茶アイスを添えた栗きんとんのクリームチーズタルトに、和栗のミルフィーユを運ぶと、青年は嬉しそうに表情を輝かせた。すかさずミラーレスの一眼レフカメラをとり出して撮影する姿は、プロの写真家のように様になっている。

一方の男性は、真剣な目つきで注文品を観察しはじめた。見映えや香りをたしかめてから、慎重にフォークを入れていく。あれは間違いなく同業者――パティシエの目だ。もしかしたら自分も、他店に行ったときはあのように見えているのかもしれない。

「ごちそうさまでした。おいしかったです」

会計の際、青年が微笑みながら伝えてくれた。支払いをする男性は無言だ。

「このおじさんも気に入ってましたよ。面と向かって褒《ほ》めるのは悔しいみたいですけど」

「おい、余計なこと言うなって」

男性が口を挟んだが、青年は意に介さない。「また来ます」と言った青年は、照れくさそうにそっぽを向いた男性と一緒に店をあとにした。ふたりを見送ってから時間を確認すると、すでに十七時を過ぎている。

「ちょっとオーバーしちゃったね。上がっていいよ」

「お疲れさまでした」

仕事が終わり、蓮は大きな息をついた。蝶ネクタイをゆるめながら更衣室に入る。

スマホのメッセージを確認すると、目当ての人物から返事が来ていた。

〈似合うけど、なんかコスプレみたい〉

自分とまったく同じ感想に、思わず笑みが漏れる。メッセージはまだあった。

〈お仕事終わりましたか？　私はちょっと前に退勤しましたよ！〉

〈お腹《なか》すいた〉

〈蓮さんは横浜？　暇なら一緒に夕飯食べませんか〉

〈あ、おいしそうなケーキがあったら買ってきてもらえると嬉しいです〉

〈お金はあとで払うので〉

思ったことをそのまま打っているのか、次から次へとメッセージが届く。既読もつかないとじりじりしていたのが嘘《うそ》のようだ。蓮は〈それじゃ十九時にいつもの場所で〉と返事をしてから急いで着替えをすませ、更衣室を出た。

「福井さん。ケーキ買ってもいいですか？」

ショーケースの前に立つと、販売をしていた福井が「もちろん」と笑った。ほかのお客が来ないうちに、タルトとミルフィーユを購入する。

「彼女へのお土産《みやげ》だな。間違いない」

「どうして断定できるんですか」

「そういうオーラが出てるから。当たり？」

「……」

人のよい笑みを浮かべる福井に、蓮は口の端《はし》を上げて答えた。

「まあ、そんなところです」

「おおー、いいなぁ。どんな子？　なれそめは？」

「それはまた次の機会に」

ケーキが入ったボックスを受けとった蓮は、こそばゆい気持ちで店を出た。まだ誰にも明かしていない、はじまったばかりの関係だから、余計にそう思うのかもしれない。

すでに日は暮れ、外は小雨がぱらついていた。しかし不思議と寒くはない。

階段を上がった蓮はふと立ち止まり、最後にひとこと、メッセージを送った。

〈ミケさん、栗は好きだったよね？〉

「うっわ、雨かよ。ツイてねー」

十一月九日、十七時五十分。駅の改札を出た志藤直也《しどうなおや》は、視線の先に広がる光景を見るなりつぶやいた。外では色とりどりの開いた傘が、せわしなく行き来している。

（ビニ傘買うか？　でもなぁ……）

改札の外にあるコンビニに目を向ける。ビニール傘は売っているが、高校生の貴重な小遣いを、こんなところで使ってしまうのはもったいない。見たところそれほど大ぶりではないようだし、傘がなくてもなんとかなりそうだ。

（あ。その前に買い物だ）

直也は駅に直結しているショッピングモールに入ると、エスカレーターを下って地下にあるスーパーに向かった。

志藤家には現在、両親がいない。父は四月から長崎県に単身赴任中で、母は直也が三歳のときに亡くなった。ふたりの兄のうち、長兄はすでに自分の家庭を持っている。直也の面倒を見てくれているのは、独身で八つ年上の次兄だ。

次兄は家事――その中でも特に料理が壊滅的なので、食事は直也が用意することが多かった。生活費は父から送金されるため、食べ物に困ることはない。それでもやはり出来合いのものばかりだと味気ないし、栄養も偏《かたよ》ってしまう。

（大学に入ったらひとり暮らしするかもしれないし、いまから慣れとかないとな）

スーパーの出入り口にある買い物カゴを手にしたとき、コートのポケットに入れてあったスマホが鳴った。次兄からメッセージだ。

〈これから飲みに行く　夕飯はいらん〉

「………」

メッセージを読んだ直也は、おもむろにカゴを元の場所に戻した。気合いを入れて夕食をつくるつもりだったが、ひとりで食べるのかと思うとやる気がしぼむ。

次兄は社会人だから、つき合いもあるだろう。自分だってもう子どもではない。小中学生ならまだしも、高校生になった末っ子を、家族がいつまでもかまってくれるわけがないのだとはわかっているけれど。

(今日はファミレスかどっかで食べるかなー)

外食は食費に含まれるから、自分のふところは痛まない。せっかくだから高いステーキでも食べてやろうかと考えつつ、直也はエスカレーターをのぼった。雨足が弱まったことを期待していたが、さきほどよりも大ぶりになっている。

「げー……」

これはやはり、傘を買わなければならないようだ。

ため息をついたとき、背中をぽんと叩かれた。「うわっ」と声をあげた直也は、驚いて勢いよくふり返る。そこに立っていたのは――

「やっぱりナオくんだ。久しぶりー」

「花嶋《はなしま》！」

にっこり笑いかけてきたのは、小中学校の同級生、花嶋実柚《みゆ》だった。

それぞれ別の高校に進学したので、こうして顔を合わせたのは卒業式以来、実に八カ月ぶりのこと。メッセージは何度かやりとりしたが、彼女は学校に通うかたわら、モデルと役者の仕事をしている。普通の高校生よりも忙しいのだ。

一七〇センチの直也とほとんど変わらない身長の実柚は、制服の上から紺色のダッフルコートを着こみ、首には赤いチェックのマフラーを巻いていた。下ろした髪は中学時代よりも少し短くなっていて、ゆるくカールした毛先が可愛《かわい》い。

たしか彼女は、ひと駅先にある都立高校に通っているはず。芸能活動が許可されている学校で、校則もわりと自由らしい。指定のカバンがある直也とは違い、実柚は有名なスポーツブランドのリュックを背負っていた。

（なんだろう……。前より大人っぽくなった？）

昔から実年齢より上に見えてはいたものの、いまの実柚は大学生と偽《いつわ》っても通用しそうだ。髪を下ろしているからだろうか？　化粧はしていないようだけれど。

それにくらべて自分は、何かが大きく変わったとは言えない。背は八カ月前とほとんど同じだし、顔だって目に見えて大人びたわけでもなく……。

直也の視線を受け、実柚は不思議そうに首をかしげた。

「わたし、何か変なものでもついてる？」

「べ、別に」

見とれていたとは口が裂けても言えず、直也はあわてて視線をそらした。久しぶりに会えたというのに、照れくささが先に立ってしまう。

「その……。花嶋、いま帰り？」

「うん。今日はモデルのお仕事もなかったから」

「そっか」

「ナオくんも家に帰るの？　方向同じだし、一緒に帰らない？」

「え！　でも俺、いま傘持ってないから。ダッシュで行こうかと思って」

「傘ならここにあるよ」

実柚は手にしていた水玉模様の傘を少し持ち上げ、微笑んだ。つまりそれは相合傘ということだろうか。うろたえる直也に対して、実柚はけろりとしている。こちらをまったく意識していないのも悔しいけれど、断る理由はなかった。

「……じゃ、そういうことで」

ぶっきらぼうに言った直也は、実柚から傘を受けとった。

身長がほぼ同じでも、ここはやはり男である自分が持つべきだろう。傘を開くと、ふたり並んで歩きはじめた。ふとした拍子に肩が触れ合うたび、くすぐったい気分になる。

「そういえば、ナオくんって高校で野球部入った？」

「いや。帰宅部」

「なんかもったいないなー。中学では名キャッチャーでキャプテンだったのに」

「野球部といっても弱小がつくけどな。一回戦突破がせいぜいだったし」

とはいえ、弱いからこそ逆に愛着が生まれ、仲間とも団結できた。だから部活はやってよかったと思っている。しかしいまはそれがむずかしい。

「うち、兄貴とふたり暮らしだろ。家事やんないといけないし、来年あたりから大学受験についても考えないと。部活やってる暇がなくてさ」

「あ……。お父さん、単身赴任してるんだったね」

他愛のない話をしながら、直也と実柚は駅前のロータリーを抜け、商店街に入った。通りを歩く会社員や学生は、店には寄らずに家路を急ぐ人が多い。今日は寒いから、自分の家でゆっくりあたたまりたいのだろう。

（まあ、うちには誰もいないけど）

「ナオくん、今日はお兄さんとご飯食べるの？」

「いや、それがさ。兄貴のやつ、飲みに行くから飯はいらないって」

直也は肩をすくめて続ける。

「大人はいいよな。好きなときに好きなものを食べに行けるんだから。俺だって、たまには誰かがつくってくれた美味《うま》い飯を食べてゆっくりしたいよ」

「今夜はどうするの?」

「つくるの面倒くさくなったし、コンビニ弁当でいいや。うちの近くで買うよ」

そう答えたとき、ふいにどこからかいい匂いがただよってきた。

鼻腔《びこう》をくすぐる煮物の香りは、一般的には「おふくろの味」を思い出す人のほうが多いのかもしれない。

しかし母親の記憶がない直也にとって、煮物は料理上手な父の味。母親がいないからといって不自由な思いはさせまいと、父はできる限り台所に立ち、息子たちのために食事をつくってくれた。歳の離れた長兄が手伝うようになってからは楽になっただろうが、いまは単身赴任先で料理を楽しんでいるはずだ。

「『ゆきうさぎ』、開店したみたいだね」

腕時計に目を落とせば、時刻は十八時七分を示していた。店には明かりが灯り、白い暖簾《のれん》が吊り下がっている。

（前にここで食べた天ぷら定食、すっげー美味かったな……）

卒業式の日、直也は実柚に連れられてこの店の暖簾をくぐった。小料理屋は大人の店だと思っていたけれど、昼間だったこともあり、あのときは気軽に入れる定食屋のような雰囲気があった。でもいまは定食屋ではなく、れっきとした「小料理屋」だ。

「花嶋、あれからこの店来てるの？」

「たまーにね。ランチの時間ならひとりで入っても怖くないし。夜はまだないけど」

「だよなぁ」

並んでぼんやり暖簾を見つめていたとき、背後から声をかけられた。

「おふたりさんよ、そんなところに突っ立って何してるんだ？」

はっとしてふり向くと、ひとりの老人と目が合った。自分よりも背が低く、少し腰が曲がったおじいさんだ。その人は実柚の顔を見ると、はてと首をかしげる。

「どっかで見たような気がするなぁ。えーと……」

実柚は端役《はやく》とはいえ、ドラマや映画に出演したことがある。おそらくそのどれかを観《み》たのだろう。考えこんでいた老人は、ややあって「ああ！」と声をあげた。

「花嶋さんだ！　嬢ちゃん、花嶋さんの娘だろ」

「えっ」

実柚は目を丸くした。直也も思わず息を飲む。

「前に一緒に飲んだとき、写真を見せてもらったんだよ。二年くらい前だったかねえ。実物は写真より別嬪《べっぴん》さんじゃねえか。こりゃ将来が楽しみだな！」

豪快に笑った老人は、久保彰三《くぼしょうぞう》と名乗った。「ゆきうさぎ」の常連で、実柚の父とは飲み仲間らしい。今日はいつものように飲みに来たら、店の前で突っ立っている自分たちを見つけたというわけだ。

「ところでおまえさんたち、中に入りたいんじゃねえのか？」

「いえ、別にそんなつもりじゃ……」

「ここで会ったのも何かの縁だ。一品くらいなら奢《おご》ってやるよ。ほれ、入った入った」

「え……ええ!?」

格子戸《こうしど》を開けた彰三は、うろたえる直也と実柚の背中をぐいぐいと押し、強引に店の中へと足を踏み入れた。開店直後の店内には、お客はまだいない。ほっとしていると、カウンターの内側に立っていた店主が意外そうな顔で言う。

「彰三さんと……実柚ちゃん？　どういう組み合わせですか」

「店に入りたそうだったから連れてきた。こっちの坊主は友だちかね？」

「見覚えがありますね……。あ、もしかして実柚ちゃんと天ぷらを食べた子かな」

子ども扱いされてむっとしたものの、事実だったので「はい」と答える。

「志藤です。志藤直也」

「俺は雪村《ゆきむら》大樹です。よろしく」

久しぶりに再会した店主は、相変わらず落ち着いた、自分にはない大人の余裕をただよわせていた。実柚はそんなところが気に入ったのだろうが、特に進展はしていないようだったのでひと安心だ。

（まあ、当然か。いくら大人っぽくても、高校生なんて子どもにしか見えないよな）

前に自分たちを接客してくれた若いバイトの女性は、休みなのか見当たらない。代わりに働いていたのは三十代くらいの女性で、カウンター席に案内してくれた。

いまさら逃げ帰るのも格好悪かったので、覚悟を決めた直也は、彰三の右隣に腰を下ろした。自分の隣には、コートとマフラーをはずした実柚が座る。

「そういや大ちゃん、来週は臨時休業の日があったよな」

「ええ。従姉の挙式に行くので土日は休みです」

「ウサちゃんの娘か。ひとり娘だから泣くかもなぁ。大ちゃんとウサちゃん、ふたりで行くのかい？」

「実はうちの母と、シノさんも一緒なんです。どうなるか少し不安なんですけど」

　彰三との話を切り上げた店主は、にこやかな顔をこちらに向けた。

「こちらお品書きです」

「どうも……」

　店主から受けとったそれには、一品料理とソフトドリンクの名前がずらりと載せられていた。お酒については別のお品書きがあり、彰三だけに渡される。

（なんだ。思ったより安いじゃん）

　高かったらどうしようかと不安だったが、ひとつひとつの料理の値段は、嬉しいことにリーズナブルだった。これなら飲み物と合わせて何品か注文できる。

　何を頼もうか考えていると、彰三がおしぼりを使いながら口を開いた。

「大ちゃん、今日のおすすめは？」

「ひよこ豆のコロッケです。先月出したら好評だったので、もう一度」

「ああ、あれは美味かったな。そんじゃそれを三人前。こっちのふたりにもやってくれ」

　驚く直也たちに、彰三は「奢るって言っただろ」と笑った。

「コロッケならビールだな！　大ジョッキで頼むや」

「先に言っておきますが、くれぐれも飲み過ぎないでくださいね」

「わかってるって」

カウンターを離れた店主は、もうひとりの女性スタッフと手分けをして、注文品の準備をはじめた。女性スタッフがビールをジョッキにそそいでいる間に、店主はあらかじめ下ごしらえをしてあったコロッケのタネを、火にかけた鍋で揚げていく。タネがひとつずつ鍋に入っていくたびに、静かな店内にじゅわっという音が響いた。

「ナオくん、ひよこ豆って食べたことある？」

「ないけど……」

「ほんと？　実はわたしもなんだ。どんな味なんだろうね」

実柚が楽しそうに声をはずませる。

お通しの豆腐味噌チーズ焼きをつまんでいる間に、コロッケができあがったようだ。こんがり揚がったコロッケをとり出して油を切った店主は、三人分をそれぞれお皿に盛りつけて、直也たちの前に出す。

「お待たせしました。熱いうちにどうぞ」

「おお……」

直也と実柚の視線が、はじめて目にする料理に釘づけになる。

「これは中東で生まれた料理のひとつで、現地では定番の食べ物として親しまれてるんだ。ひよこ豆は向こうで盛んに栽培されているから、手に入れるのも簡単だしな」

「へえ」

店主は「ちなみにこれがひよこ豆」と言って、実際の豆を見せてくれる。

「ほら、このあたりがひよこのくちばしみたいに見えなくもないだろ？　だからそう呼ばれているとか。中東風のコロッケ――ファラフェルは空豆でつくることもあるけど」

「あ、ファラフェルなら知ってる！　パンに挟んで食べるんだよね」

「ピタパンだろ。中が空洞になってるから、いろいろ挟める」

「そのまま食べても美味いけど、ソースもあるぞ。これは生のゴマを使ってつくったタヒニソースで、ファラフェルに合うんだ。ゴマが嫌いじゃなかったら試してみてくれ」

言いながら、店主はソースの入った器《うつわ》をカウンターの上に置く。

「じゃ、いただきます」

箸《はし》をとった直也は、一口大の肉だんごのような形をしたファラフェルに手を伸ばした。

コロッケといっても、小麦粉やパン粉といった衣《ころも》はついていない。それでも箸でつまんで一口かじると、外側はカリッとした食感があった。歯で割った瞬間、すりつぶした豆でつくられた中身が口の中にあふれる。ひよこ豆はホクホクで、ニンニクや香菜、スパイスが混ざった香りがエスニックな気分を盛り上げた。

「わ、このソースもおいしい！　ピーナッツバターみたいな感じ？」

隣の席では、実柚がタヒニソースをつけたファラフェルを幸せそうに頰張っている。彰三も、黄金色のビールが入ったジョッキを片手に「最高だな！」とご満悦だ。たしかにおいしかったので、直也も夢中になってファラフェルを平らげた。

「ねえおじいちゃん、ビールってそんなにおいしい？」

「おう、美味いぞ。俺にとっちゃ命の水だな。泡盛も日本酒も水みたいなもんだ」

「ふーん。わたしも飲んでみたいな」

「いまはだめだぞ。法律で許されるまでちゃんと待て」

「えー……」

「なぁに、最高の酒も美味い飯も逃げやしねぇよ。『ゆきうさぎ』に来りゃあいつでも楽しめる。大人になれば嫌でもわかるけどな、子どもでいられる時間ってのは案外短いものなんだよ。生き急ぐことはない」

ファラフェルを食べ終えた直也と実柚は、ふたたびお品書きに目を通した。手持ちのお金で食べられるだけの料理と飲み物を注文する。

いつの間にか店内にはお客が増え、にぎやかになっていた。彰三はなじみの常連客と昔話に花を咲かせ、店主も自分たちだけにかまってはいられなくなる。自分は小料理屋というものをよく知らないので、ほかの店もこのような雰囲気なのかはわからない。

だが、気心の知れた家族でくつろぐリビングのようなこの空間は、思っていた以上に居心地がよかった。お客たちは制服姿の自分たちを見ても注目しないし、店主を含めてあたりまえのように受け入れてくれている。

（いいな、この店。大人になっても来てみたい）

心づくしの料理でお腹を満たし、デザートの葡萄《ぶどう》シャーベットを食べているとき、ふいに実柚が手を止めた。少し考えるそぶりを見せてから、椅子の背にかけてあったリュックを膝の上に載せる。中からとり出されたのは、Ａ４サイズの花柄のクリアファイル。

「ナオくん、お芝居って好き？」

「え？」

「実はわたし、来月に舞台でやるお芝居に出演するんだ。もちろん主演じゃなくて脇役だけど。だから最近はそのお稽古《けいこ》で忙しくて、今日は久しぶりのお休みだったの」

「舞台……」

「わたし、映画とかドラマには出たことあるんだけど、舞台ははじめてなんだよね。撮影ならリテイクができても、舞台は一発勝負でしょ？　だからお稽古もすごく厳しくて、怒られてばっかりだよ。でも勉強になっておもしろいんだ」

実柚は目を輝かせながら、舞台の楽しさを興奮気味に語る。

「それでね。もしよかったらこれ、もらってほしいな」

彼女から渡されたのは、芝居のパンフレットと招待チケット。戸惑う直也に、実柚は照れくさそうな表情で続ける。

「家族と学校の友だちにもチケットは渡してあるけど……。ナオくんも観に来てくれたら嬉しいなと思って。今日、駅で会えたのも何かの縁だと思うし」

「……」

「あ、もしかしてぜんぜん興味ない？　だったら……」

差し出したチケットを引っこめようとする実柚の手首を、直也はとっさにつかんだ。

「興味はある！　……いやその、いらないなんて言ってないだろ」

「そ、そっか。よかった」

頬を赤くした直也が手首を放すと、実柚はほっとしたように微笑んだ。

チケットを受けとると、心の奥からじわじわとよろこびが広がっていく。別々の高校に進学し、さらに芸能活動を再開させた実柚は、もう手が届かない存在になってしまったと思っていた。けれど、彼女は自分のことを忘れてはいなかったのだ。

（花嶋に負けないように、俺も頑張らないとな）

野球は辞めてしまったが、自分にはきっと、ほかにもできることがある。

それを見つけるためにも、これからの高校生活を全力で楽しもう。

「青春だねぇ……」

隣でグラスをかたむけながら、彰三がしみじみとした口調でつぶやく。あたたかな空気に包まれて、ゆったりとした時間が流れていった。

十一月十八日、十九時十分。

火をつけた線香の煙がたなびき、仏間がお香の匂いで満たされる。仏壇に並べられた両親の遺影の前で、雪村毬子《まりこ》は数珠をつけた両手を合わせて目を閉じた。

(お墓のほうにはお参りに行くけど、こっちは久しぶりだわ……)

父を亡くしてから十二年。母を喪《うしな》ってからは、はやいもので四年が過ぎた。自分が歳をとっていけば、両親もそれだけ老いていく。五十を過ぎれば、親との別れを経験する人も多くなるし、知り合いの訃報《ふほう》が届くことも増えていく。そのたびに胸の中にぽっかりと穴が空いたような気分になるが、それでも生きていかなければならない。

まぶたを開いて小さな息を吐いたとき、襖《ふすま》がそっと開いた。

「あ、すみません。お邪魔でしたか?」

「大丈夫よ。もう終わったから」

声をかけてきたのは、弟の再婚相手である紫乃だった。

体を蝕む難病の治療をするため、都内の病院に入院していたという彼女は、先月末にめでたく退院した。

とはいえ完治が見込める病ではないらしく、これからも通院は続くそうだ。病気になる前はぽっちゃりしていたという彼女は、いまではすっかり痩《や》せ細り、はかなげな雰囲気になってしまった。それでも目の奥には強い光が宿り、生きる気力がみなぎっている。

畳の上に正座した紫乃は、毬子に向けて深々と頭を下げた。

「毬子さん、このたびはありがとうございました。お着物まで貸してくださって」

「気にしないで。簞笥《たんす》に眠らせておくよりは、誰かに着てもらったほうがいいもの」

毬子は明るい声音で返した。

「黒留袖《くろとめそで》、母や義母から受け継いだものが何枚かあるんだけど、結婚式くらいしか着る機会がないのよねえ。普段は色留袖か訪問着だし」

数時間前、零一《れいいち》夫妻と毬子、そして息子の大樹は、長崎県の式場で行われた挙式と披露宴に列席した。新婦は零一のひとり娘で、毬子と大樹も縁あって招かれたのだ。そして少し前、飛行機で東京に戻ってきたところだった。

「それにしても、いいお式だったわねー。めぐみちゃんも花嫁衣装がお似合いで」

「ええ。零一さんもこれでひと安心かと」

「まさかあの零一が涙ぐむとは思わなかったわ」

「意外と感激屋さんなんですよ。普段は格好つけていますけど」

いたずらっぽく微笑む紫乃からは、夫に対する深い愛情が感じられる。

(再婚したのは十年前だから、めぐみちゃんは零一がひとりで育てたのよね……)

前日に長崎に飛び、はじめて相まみえた姪《めい》は、零一とはあまり似ていなかった。本人曰《いわ》く、亡くなった前妻にそっくりだとか。ひねくれた弟の血を継いでいるとは思えないほど素直な子で、しっかりとした人柄に好感を持った。

『伯母《おば》さま、遠いところをお越しくださりありがとうございます。お会いできて嬉しい』

花婿《はなむこ》とふたりで挨拶《あいさつ》に来た姪は、花がほころぶような笑みを浮かべて言った。

『未熟者ですが、夫ともども、これからよろしくお願いいたします』

(あのふたりなら仲良くやっていけそうね)

睦《むつ》まじく寄り添う新婚夫婦の姿を思い出して、毬子の口角が自然と上がる。

姪の存在を知ってから、まだ数カ月。血縁とはいえ、気が合わない弟の娘を可愛く思えるだろうかと心配だったけれど、どうやら杞憂《きゆう》で終わりそうだ。

「毬子さん、今日はこちらにお泊まりにはならないんですか？　お疲れでしょう」

「そうしたいのは山々なんだけど、明日から仕事に戻らないと」

苦笑した毬子は、座っていた座布団から立ち上がる。

「今回のお休み、旦那《だんな》と瑞樹《みずき》たちが調整してくれたおかげでとれたのよ。だからあまりのんびりもしていられなくて」

毬子はいまから三十年ほど前、箱根《はこね》で温泉旅館を営む雪村家の長男に嫁《とつ》いだ。義母が引退してからは、女将《おかみ》として旅館を切り盛りしている。夫との間にはふたりの息子をもうけたが、跡取りは長男の大樹ではなく、次男の瑞樹とその妻だ。

（まさか大樹がお母さんのお店を継ぐとはねえ……）

両親が遺《のこ》したこの家は、「ゆきうさぎ」ともども孫の大樹が相続した。

母は大樹を店の後継者として認めていたし、遺言状もあった。毬子としても店が続くことに異論はなく、遺産がほしいとも思わなかった。そのため土地建物は無事に大樹の手に渡り、平和な時間が流れていたのだが――

「母さん、ここにいたのか」

思考を断ち切ったのは、くだんの息子の声だった。亡き両親の優しくおだやかな気質を受け継いだ大樹は、意味ありげに笑いながら言う。

「帰る前に夕飯食べていってくれ。いま店のほうで用意してるから」

「あら、いいの？　でもお店は休業中でしょ」

「そっちで出したいんだってさ」

　誰がと問いかけようとした毬子は、すぐに思い当たって口をつぐんだ。店の厨房で料理をつくるのは、大樹のほかにはひとりだけ。大樹ではないとなると――

「いい機会だし、少しふたりで話してみてもいいんじゃないか？」

「……………」

（もしかしなくても、これが目的だったのかしら）

　羽田《はねだ》空港に到着したとき、毬子はそのまま自宅に帰るつもりだった。しかし、仏壇に線香をあげたらどうかという大樹の言葉を聞き、この家に寄ることにしたのだ。零一は何も言わなかったが、はじめから企《たくら》んでいたのかもしれない。

　長崎では同じホテルに泊まっていたものの、毬子と零一が会話をかわすことはほとんどなかった。挙式や披露宴でも、花嫁の父は相手側の親戚付き合いに忙しく、声をかける隙《すき》もなく時間が過ぎていったのだ。

　ここで何も話さず帰ったら、次の機会はいつになるか。

「しかたないわね……」

毬子は覚悟を決めて店に向かった。

母屋《おもや》から店に入ったとき、味噌が焼ける香りがただよってきた。焼き魚の匂いもする。

大きな厨房を通り抜けると、カウンターの内側に出た。境目に下がっていた長い暖簾をくぐると、狭い簡易厨房に零一の姿があった。紺色の作務衣《さむえ》に前掛けという格好は、板前さながらでこの店には似合うけれど。

「あなた、洋食の料理人じゃなかった?」

「そうだけど、コックコートじゃ浮くだろ。雰囲気的に」

「まあ、たしかにね」

好きな場所に座ってくれと言われた毬子は、とりあえずカウンターの外に出た。自分たちのほかには誰もいない店内を、ぐるりと見回す。

(久しぶりに来たけど、思っていたよりきれいだわ)

建物自体は建てられてから三十年近くが経過しているが、数年前にリフォームしたというだけあって、さほど古臭い印象はなかった。小上がりの畳も張り替えてあるし、壁にもあまり汚れがない。

カウンターの端には、在《あ》りし日の母の写真をおさめたフォトフレームと、白いガーベラの花を飾った一輪挿しが置いてあった。

フォトフレームを手にとった毬子は、なつかしさとせつなさが入り混じったような気持ちで写真を見つめた。ほんのつい最近まで、元気に家庭料理をつくっていたと思っていたのに。母がいなくなってから、もう四年の月日が流れたのだ。

――そしていま、母がいた場所には大樹と零一が立っている……。

大樹はともかく、零一が「ゆきうさぎ」の料理人として働くことになるなんて、数カ月前には考えたこともなかった。

写真から目線を上げた毬子は、厨房で黙々と料理をする零一に目を向ける。

若いころに父とケンカ別れをして、家を出てからは好き勝手に生きてきた弟。さんざん両親を心配させ、久しぶりにあらわれたかと思えば、大樹に母の遺産を請求するという暴挙に出た。その話を聞いたときは、怒りと失望でどうにかなりそうだった。

(でも……)

「もうすぐできるぞ」

立ち尽くしていた毬子は、零一の言葉を聞いて我に返った。カウンター席の椅子を引いて腰を下ろすと、零一が炊飯器の蓋《ふた》を開ける。もわっと立ちのぼる白い湯気とともに、出汁《だし》の香りが鼻を通り抜けた。焼き魚といい炊き込みご飯といい、今夜は得意の洋食ではなく、和食でそろえているようだ。

「いい香り……」

「姉貴、昔から和食のほうが好きだっただろ。俺は洋食派だったけど」

「言われてみれば実家にいたころ、よくそれでケンカしたわね」

「譲るのはいつも俺のほうだったけどな」

「そうだったかしら。大昔のことなんて忘れちゃったわ」

　とぼける毬子を見て苦笑した零一は、カウンターの上にできあがった料理の器を置いていった。鰆《さわら》の西京《さいきょう》焼きに、舞茸《まいたけ》とひじきの炊き込みご飯、そして椎茸《しいたけ》と三つ葉が浮かんだお吸い物。西京焼きにはすだちとはじかみが添えられ、茶碗《ちゃわん》に盛りつけられた炊き込みご飯には山椒《さんしょう》の葉があしらわれている。

「意外と本格的じゃない」

「あたりまえだろ。店で出す料理なんだから、身内が相手でも手は抜かない」

　即答されて、毬子は少なからず驚いた。

　まだ若かったころの記憶から、ふらふらして芯《しん》がない印象があったけれど、料理人としてのプロ意識は本物だ。同じ親を持つ姉弟《きょうだい》とはいえ、同じ家で暮らさなくなってから、気がつけば三十年以上。その間、自分が多くのできごとを経験したように、零一の身にもさまざまなできごとがふりかかったに違いない。

いまの零一を形成しているのは、毬子が知らないそれらの過去だ。

「――で、今回のメインディッシュはこれ」

零一は最後に、竹製の黒いカゴに盛りつけた揚げ物を置いた。敷き紙の上に載せられている丸っこいそれを見て、毬子は「あら」と声をあげる。

「毬栗《いがぐり》揚げだわ」

「知ってるのか？」

「私を誰だと思っているの。うちの料理長がこの時季、夕食のメニューに入れることがあるのよ。季節を感じられる一品だから。中身は何？」

「食べてみればわかる」

零一は教えてくれなかったので、「いただきます」と言った毬子は、自分の名前に使われている漢字が入った料理に箸を伸ばした。

毬栗揚げはその名の通り、イガに包まれた栗に見立ててつくる懐石《かいせき》料理のひとつだ。基本は含め煮にした栗の実を魚のすり身で包み、素麺《そうめん》を短く折ったものをまぶして揚げていく。中身はアレンジできるので、さまざまな食材が使われている。

箸の先で毬栗揚げを割った毬子は、まだ湯気が立つそれを口に運んだ。

（これは……）

パリパリとした素麺の衣を破って口の中に広がったのは、芋類特有のほっくり感。ふんわりとやわらかく粘《ねば》り気もあり、ジャガイモより大地の香りを強く感じる。時間をかけて咀嚼《そしゃく》して飲みこんだ毬子は、自信を持って答えを告げた。

「里芋ね。海老《えび》のすり身も入ってるでしょ」

「ご名答です。さすがは旅館の女将殿」

零一が満足そうに笑った。機嫌がよいときの表情は、昔から変わっていない。

毬栗揚げをひとつ食べ終えた毬子は、続けて西京焼きに手をつけた。脂がのって身が引き締まっている寒鰆《かんざわら》は、甘さが強い京風白味噌とよくなじんでいる。炊き込みご飯にはもち米も交ぜられているのか、もっちりとした弾力が感じられた。

(どうしよう。どれもおいしいじゃない)

シンプルかつ上品な味つけのお吸い物を堪能した毬子は、空になったお椀《わん》を置いて感嘆のため息をついた。洋食専門だと思っていたのに、和食もプロの腕前だ。旅館の料理人として引き抜きたいと、真剣に考えてしまう。

『大樹。あなたよく零一を自分のお店に誘えたわね』

遺産相続の件が落ち着いたとき、大樹はあろうことか、事態を引っかき回した張本人である零一を「ゆきうさぎ」で雇うと決めた。

　零一が母の遺産を求めたのは、私利私欲のためではなく、妻の治療費にあてる資金がほしかったから。真相を知ったときは、心の底からほっとした。しかし完全に信用することはできず、不信感が残っていた毬子に、大樹はこう言ったのだ。

『零一さんは悪い人じゃないよ。あの人がつくった料理も、文句なんてつけようがないくらいの味だった。料理は嘘をつかないし、人柄も出る。零一さんは「ゆきうさぎ」を盛り立ててくれると思う』

「あの子、昔から人を見る目はたしかなのよね」

「え？」

「なんでもないわ」

　涼しい声で答えた毬子は、優雅な仕草で食後のお茶に口をつける。

「話は変わるけど、紫乃さんはもう退院したのよね。いまはあなたと一緒にこの家に住んでいるって。まだしばらくはここで暮らすの？」

　零一は「そうだなぁ」とむずかしい表情になる。

「できれば年明けまでには、紫乃とふたりで暮らせるアパートを見つけられたらいいんだが。いろいろ探してはいるんだけど、近くにちょうどいい物件がなくてさ」

「そう」

「大樹のやつは人がいいから、気にしないでゆっくり探せって言うけどな。俺だっていつまでも居候《いそうろう》のままじゃ肩身が狭い。大樹の彼女も遠慮してそんなに来ないし」

「……『彼女』？」

聞き捨てならないひとことに、毬子はぴくりと眉を動かした。はっとした零一はあからさまに「まずい」という顔をしたが、その表情が事実であることを物語っている。

「いやその、空耳だろ？　姉貴も歳だし、幻聴が……」

「人を年寄り扱いするとはいい度胸ね。あんただってたいして変わらないでしょうが！」

「う……現実を見せつけないでくれ」

零一はしおらしく胸に手をあてたが、それで攻撃の手をゆるめる毬子ではない。

「大樹につき合っている相手がいるのね？　あの子、いっつも肝心なことは内緒にするんだから。さあさあ観念してすべて吐きなさい！」

両目を爛々《らんらん》と輝かせた毬子は、身を乗り出して弟を問い詰める。こんなとき、勝つのはいまも昔も変わらず、押しの強い姉のほうなのだった。


それからひと晩が過ぎた、翌朝のこと。

休暇を終えた毬子は、いつも通りに朝の支度をすませた。山茶花《さざんか》の柄を描いた着物に袖を通して帯を締め、旅館の敷地内に建てられた自宅から職場に出勤する。

「あら瑞樹、おはよう」

従業員用の出入り口から館内に入ると、下の息子と鉢合わせた。

大樹よりひとつ年下の瑞樹は現在、夫の部下として働いている。大学を卒業してからすぐこの仕事に就いたので、キャリアはすでに五年を超えた。若女将である妻とともに、旅館のために力を尽くしてくれている。

本来の跡取りだった大樹が「ゆきうさぎ」のほうを継ぐと言い出したときは、どうなることかとはらはらした。しかし瑞樹が後継者になると決めてくれたおかげで、大きな騒動に発展することなく、現在に至っている。

白いシャツにネクタイを締め、旅館の名前が入った法被《はっぴ》をはおった瑞樹に、毬子は手にしていた大きな風呂敷包みを押しつけた。

「これ、お土産ね。休憩室に持っていってちょうだい」

「重い……。何を買ってきたわけ？」

「カステラとか、お菓子をいろいろと。みんなで分けてねってメモもつけておいて」

「はいはい」

廊下を並んで歩いていると、話題は自然と休暇中のできごとに及ぶ。

「結婚式はどうだった?」

「すごく素敵だったわよー。写真撮ったからあとで見せるわ。めぐみちゃん、瑞樹にも会いたがっていたから、近いうちに機会がつくれるといいんだけど」

「俺も会ってみたいけど、九州は遠いからな……」

つぶやいた瑞樹は、横目でちらりと毬子のほうを見る。

「でも、それだけじゃないだろ。母さん、やけに機嫌がいい。何かあった?」

「え……なんでわかるの」

「そりゃ、三十年近くも息子をやっていればね」

片手で頬を押さえた毬子に、瑞樹はこともなげに言ってのけた。仕事中は浮つかないように気をつけているはずなのに、察した息子は案外鋭い。常にお客さまの気持ちに寄り添うサービス業に従事する者としては、敏感なほうがいいのだけれど。

「で、母さんを浮かれさせている原因は?」

「それがねえ……」

毬子はにんまり笑った。零一からは誰にも話すなと釘を刺されたが、他人でなくて息子なら別にいいのではなかろうか。悪い話ならともかく、朗報なのだから。

自分に都合よく解釈した毬子は、その場で足を止めた。心持ち声をひそめ、昨夜弟から仕入れたばかりの情報を瑞樹に明かす。

「ふぅん。兄貴に彼女ね。別にいてもおかしくないだろ」

「そうだけど、年齢的にそろそろ将来のことを考えてもいい頃合いじゃない？」

「それは人によると思う。でもまあ、兄貴も来年で三十だし……。相手はどんな人？」

「けっこう年下みたい。大学生ですって」

毬子の答えを聞いた瑞樹は、「若いなぁ」と感心したように言う。

「でも二十歳くらいじゃ、まだ先のことなんて考えられないと思うけど」

「うーん……」

たしかにそうかもしれないと、毬子の頭が冷えかけたときだった。

「彼女というのは、つまり恋人ということかしら？」

唐突に飛んできた第三者の声に、毬子と瑞樹はぎょっとしてふり返る。すぐ近くに気配もなく立っていたのは――

「お、おか……」

頬を引きつらせる毬子にかまわず、その人物は極めて冷静な声音で言い放つ。

「そのお話、じっくり聞かせてもらいましょうか」

第3話　冬の女王と翡翠ナス

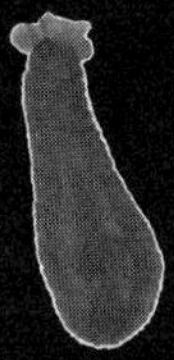

心地のよい揺れに身をまかせ、うつらうつらしていると、ふいに肩を叩かれた。

「タマ、降りるぞ」

「うん……？」

碧《あおい》はゆっくりと目を開けた。電車の振動はいつの間にか止まっていて、開いたドアから多くの乗客がホームに降りていく。なおもぼんやりしていると、隣の席に座っていた大樹《だいき》が腰を上げた。碧の手をとり立ち上がらせる。

『ドアが閉まります。ご注意ください』

「――あっ」

車内に響いたアナウンスで、碧はようやく覚醒《かくせい》した。

大樹と一緒にあわててホームに降りると、背後で静かにドアが閉まる。それから間もなくして動きはじめた電車を見送りながら、碧はほっと安堵《あんど》の息を吐き出した。

「ふう……。乗り過ごすところだった」

「目が覚めたか？」

碧と右手をつないだまま、大樹が話しかけてきた。「はい」と苦笑した碧は、改札に向かう人々の流れに乗り、大樹と並んで歩き出す。新宿《しんじゅく》駅は世界一の乗降客数を誇《ほこ》るだけあって、平日にもかかわらず人であふれていた。

「よく寝てたな。けっこう歩き回ったし疲れただろ」

「ちょっとはしゃぎすぎちゃったかなー。でも、紅葉すごくきれいでしたね」

「色と形がいい葉は料理のあしらいとして重宝するんだよな。季節感が出るし見映えもする。そういえば、関西にはもみじの天ぷらがあるらしいぞ」

「へえ！　おいしいのかな？」

「かりんとうみたいな甘い味って聞いたから、おやつ感覚で食べるんだと思う」

十一月の最終週。休みを合わせた碧と大樹は、紅葉を見に行こうと鎌倉《かまくら》まで足をのばした。いわゆるデートではあるのだが、歩き回ることを考えて、服装は動きやすいパンツスタイルにした。足下は履《は》き慣れたスニーカーだ。

とはいえ仕事ではないのだし、こういうときくらいは可愛《かわい》いものを身に着けたいという女心もある。おつき合いをはじめてから五カ月。大樹とは何度も出かけているが、そのたびに何を着て行こうかと迷ってしまう。

（でも、それがまた楽しいというか）

いかにも気合いを入れましたという格好は恥ずかしい。でも、さりげないお洒落《しゃれ》はしたい。考えた末、今日は買ったばかりのニットを下ろし、お気に入りのキャスケットに雑貨屋でひとめぼれした猫のブローチをつけてみた。

メイクはほんの少しだけ。大樹は碧の服装について何か言ってくることはあまりないのだが、ブローチには目を留めて「それいいな」と褒《ほ》めてくれた。自分は大樹の些細《ささい》な変化もわかるけれど、男の人はそうでもないらしい。だからたまに口に出してくれる褒め言葉がとても嬉《うれ》しかった。

「さて、これからどうする?」

大樹が腕時計に目を落とした。時刻は十七時を少し過ぎたところだ。

「せっかく新宿まで出たんだから、どこかで飯でも食って帰るか」

「そうですね。お店もたくさんあるし。わたしインドカレーが食べたいなー。いまはご飯よりもナンの気分です」

「またかよ。ほんとに好きだよな……」

時間がはやかったので、碧たちは夕食の前に近くのお店を見て回ることにした。家電量販店や書店、セレクトショップなどに入ってあれこれ物色する。

ファッションに関して無頓着な大樹は、洋服や靴などのお店にはほとんど興味を示さない。商品を手にとった碧が「これ似合いそうですよ」とすすめても、さほど心が動かされないのか、いまいちぴんとこない表情ばかり。

「男物はもういいから、タマが見たい服がある店に行こう」

(雪村《ゆきむら》さん。わたしは男物が見たいんですよ……)

碧は心の中で「うーん」とうなった。

本人はひとことも言わないけれど、来月の十日は大樹の誕生日なのだ。そろそろプレゼントの候補をしぼりたいのに、何を贈ればいいのかわからない。

(前にあげたエプロンはよろこんでくれたよね。あとは手づくりの料理とか)

大樹に贈り物をしたことは何度かある。しかし今回は、つき合いはじめて最初の誕生日なのだ。前と同じようにはいかないし、思い出に残る品を選びたい。気持ちの大きさが金額に比例するとは限らないから、高価であるほどいいというわけでもないけれど。

(無理のない金額で、なおかつ記憶に残るもの……。むずかしいなー)

悩みながら歩いていたとき、ふと一軒のお店が視界に入った。

「あの、あそこも行ってみていいですか?」

「時計屋?」

「はい。ちょっと腕時計が見たくて」

フロアの隅《すみ》に入っていた小さなお店には、お客が誰もいなかった。少したもらったものの、碧は大樹と一緒に中へと足を踏み入れる。壁には多種多様の掛け時計がずらりと飾られており、中央のショーケースの中には腕時計が陳列されていた。

碧がガラスのショーケースに近づくと、大樹もあとからついてくる。

「腕時計がほしいのか?」

「いますぐにってわけじゃないんですけどね。仕事の研修がはじまるまでには、新しいものを買おうかなと。いま使ってるのはちょっと子どもっぽい感じだから」

言いながら、碧はショーケースに視線を落とした。

腕時計は一本持っているのだが、時間がわかればそれでいいと思っていた。だから何年か前に雑貨屋で買った安物を、現在も愛用している。デザインが可愛いので気に入ってはいるけれど、社会人になるのだから、それなりのものがひとつほしい。

「どんなのがいいんだ? 腕時計は値段もピンキリだぞ」

興味を覚えたのか、隣に立った大樹が訊《き》いてくる。

「仕事のときにつけたいから、実用性重視かな。文字盤が見やすくて、日付機能があれば便利ですね。予算は二万くらいまでが限界です……」

視線の先に十万近くするブランドの時計を見つけてしまい、碧は「ひいっ」と恐れおののく。職場は学校なのだから、高級すぎるのもふさわしくないと思う。高価なものがほしくなったときは、お給料を貯《た》めてプライベート用に買えばいいのだ。

「ベルトの好みは? メタルとか革とか」

「どっちでもかまいませんけど、革のほうがなじむかなー……」

美しく並べられた商品を見つめていたとき、ふと一本の腕時計が目に留まった。

「あ……。こんな感じがいいかも」

アナログ表示の丸い文字盤に、金色の針。ベルトは焦げ茶色の革製だ。上品で落ち着いたデザインだから、職場で浮くこともないだろう。

「お手にとってご覧になりますか？」

店員の男性が声をかけてくれたので、ショーケースから出してもらうことにする。至近距離から見てみると、クリーム色かと思った文字盤が、ほんのりピンクがかっていて可愛らしかった。値段もなんとか予算内におさまる。

「うわぁ、どうしよう。思いきって買っちゃおうかな」

「タマ、金はあるのか？」

「一階にＡＴＭがありました！」

クレジットカードはまだ持っていないが、自分の口座はある。「ゆきうさぎ」でバイトをはじめてからはお小遣いをもらうことをやめ、学費と生活費以外は自分で稼いだお金でやりくりするようになった。ほしいものは次から次へと湧いてくるため、つい衝動買いをしてしまうこともあるのだけれど、貯金もそれなりにはしている。

碧が悩んでいると、店員が営業スマイルを全開にした。

「こちらの商品ですが、同じデザインで男性向けのご用意もございますよ」

「え?」

「色が違うので、ぱっと見はわかりにくいかもしれませんが……。こちらです」

店員はショーケースの中から、もう一本の腕時計をとり出す。女性用よりもひとまわり大きなそれは、たしかにデザインはおそろいだった。文字盤が黒いため、よく見ないとペアだとは気づかない。

「これはペアじゃないと買えないんですか?」

「いえ、単品でもお売りしております」

ではなぜ男性向けをすすめてきたのかと思ったが、なんのことはない、大樹が一緒にいるからだろう。店員は自分たちのことをカップル客だと認識しているのだ。事実ではあるのだけれど、なんとなく恥ずかしい。

(ここで出会えたのも何かの縁……よし!)

決意をした碧は、店員に「これを買います」と告げた。

「でもちょっと待っててください。いまお金下ろしてくるので!」

店を出た碧は、エスカレーターを下ってATMに向かった。

たどり着いた機械の前には、運が悪いことに二、三人が並んでいた。最後尾について順番待ちをしていると、思っていたよりも時間がかかってしまう。ようやくお金を下ろした碧は、小走りで店に戻った。

「すみません。ATMが混んでて――」

息をはずませてショーケースに近づいた碧は、あれと首をかしげた。さきほどまで置いてあった腕時計がない。いったん戻したのだろうかと思って腰をかがめてみるものの、ケースの中にも見当たらなかった。

「タマ」

ふり返ると、大樹の手にはきれいに包装され、赤いリボンまでかけられた小さな箱。彼は目をぱちくりとさせる碧に、その箱を手渡した。

「さっきの腕時計ならここにある」

「え……」

「会計はすませた。これはまあ、俺からの誕生日プレゼント兼、就職祝いということで」

「ええっ」

まさかのサプライズに、碧は大きく目を見開いた。たしかに先週は自分の誕生日だったし、就職も無事に決まったけれど。

「何を渡せばいいのか悩んでたら、いつの間にか当日になっちゃってさ……」

大樹は照れくさそうに頭を掻《か》いた。

碧の誕生日はお互いに「ゆきうさぎ」で仕事をしていたので、ふたりで過ごしたのは閉店後。大樹はいつもより豪華な料理と、自分で焼いたというバースデーケーキでお祝いをしてくれた。就職が決まったと報告したときもよろこんでくれたし、もうそれでじゅうぶん幸せだと思っていたのに。

「だから今日、タマがほしいって言ったものをプレゼントするつもりで」

「で、でも。これけっこうお値段が……」

「気にするな。俺がタマに買ってやりたかったんだから」

自分のために購入してくれたのなら、無下に断るほうが申しわけない。

「二十二歳の誕生日と、就職。どっちもおめでとう」

嬉しさに頬《ほお》をゆるませた碧は、「ありがとうございます」と言って箱を受けとった。大樹は気にするなと言ったけれど、彼の誕生日のときには奮発して……。

(そうだ!)

「雪村さん、この時計のデザインは好きですか?　男性向けのほう」

「さっき見たやつか?　悪くはないと思うけど。文字盤は見やすかったし、色もいい」

「よかった。じゃあわたしがそれを買います」

碧が言うと、大樹は驚いたように目を丸くした。

「雪村さんも来月、お誕生日でしょ？　実はわたしもプレゼントを探してたんです。腕時計なら何本か持っていても邪魔にはなりませんしね」

「けど……」

「お金のことなら気にしないでください。わたしが雪村さんにプレゼントしたいんです」

さきほどの大樹と似たような言葉を口にして、碧はにっこり笑った。

「あ、でもおそろいなんて嫌ですか？　ペアウォッチとか嫌い？」

「タマはどうなんだ？」

「わたしはいいなーって思いますよ。友だちからそんな話を聞いて、実はちょっとあこがれてたんですよね。もちろん雪村さんが嫌だったら、別のものを買います」

「いや……。俺はかまわないよ。ペアのTシャツとかだったら恥ずかしいけど」

大樹の答えに、碧はぱっと顔を輝かせた。期待のまなざしを向けていた店員に購入する旨《むね》を伝えると、嬉々として腕時計を包んでくれる。会計をすませた碧は、紺色の包装紙と水色のリボンで飾りつけられた贈り物を大樹に差し出す。

「少しはやいけど、お誕生日のお祝いです」

「ありがとう。大事に使うよ」

大樹は微笑《ほほえ》みながら箱を受けとってくれた。

お互いのプレゼントはお店のロゴが入った紙袋に入れてもらい、店員に見送られて外に出る。買い物をしているうちに、時刻は十九時を回っていた。碧の胃袋が食べ物を求めてせつない鳴き声をあげる。

「夕飯はインドカレーでいいんだよな？　近くにある店は……」

何かを見つけたのか、スマホで検索していた大樹の目がギラリと光った。

「よさそうな店があったぞ。ちょっと歩くけど」

「上のレストラン街じゃないんですか？」

「ああ。ベイガンバルタが美味《うま》いんだってさ。これは一度食べてみないと」

カレー好きの碧は、それがどのような料理なのかを知っている。ベイガンバルタはナスをたっぷり使った北インドのカレーだ。碧がカレーをこよなく愛しているように、大樹はナス料理に並々ならぬ情熱をそそいでいる。

ナスが入ったカレーなら、お互いの好みにも合っている。まさにベストの選択だ。

「よし、行くぞ」

「はーい」

建物から外に出ると、冷たい木枯らしが吹きつけてきた。

凍えるような寒さに身震いした碧を見て、大樹が「ほら」と自分の右腕を差し出してくれる。自然な仕草が嬉しくて、碧は大樹の腕にぎゅっとしがみついた。動きに合わせておそろいの紙袋が揺れ、その存在を強調する。

「ナスもいいけど、チキンカレーも食べたいな」

「ハーフセットも頼めるみたいだぞ」

「あとビーフも」

「どれだけ食う気だ。あいかわらず強靭《きょうじん》な胃腸だよな」

「でも、雪村さんはそこを気に入ってくれているんですよね？」

「まあな」

ほんわかとした幸せに包まれながら、碧は大樹と並んで夜の通りを歩きはじめた。


翌日は「ゆきうさぎ」が定休日だったので、大樹は八時を過ぎても自室で布団にくるまり、惰眠《だみん》をむさぼっていた。体力には自信があるほうだが、昨日は鎌倉まで遠出をしてあちこち歩き回ったため、さすがに疲れが出ている。

(でも、タマが楽しそうだったからいいか)

紅葉を見に行こうと誘ってきたのは、碧のほうだった。はじめは奥多摩《おくたま》にしようかと話していたのだが、すでに散りかけだという情報を得て場所を変えたのだ。幸い鎌倉の紅葉は見頃を迎えており、色あざやかな景色を楽しむことができた。

(カレーも食べられてご満悦だったし……)

夕食をとったときのことを思い出して、大樹は布団の中で笑いを嚙《か》み殺す。

碧は小柄《こがら》で痩《や》せているが、実はかなりの大食いだ。下手をすれば男の自分よりもよく食べる。昨夜も彼女は、大盛りのカレーセット二人前をぺろりと平らげ、さらにデザートも堪能《たんのう》してインド人の店主を驚かせていた。

そんなことを考えながらまどろんでいると、階下からパンが焼ける香りがただよってきた。現在、この家には自分のほかに叔父夫婦も住んでいる。叔父の零一《れいいち》かその妻である紫《し》乃《の》のどちらかが、台所で朝食をつくっているのだろう。

ごろりと寝返りを打ったとき、誰かが階段を上がってくる音がした。間もなくして静かに引き戸が開く。

「大樹。いま紫乃が朝飯つくってるけど、おまえも食べるか?」

「……食べます」

睡眠欲よりも食欲が勝ったため、大樹はのっそりと起き上がった。

声をかけてきた叔父が戻っていくと、軽く伸びをしてから布団を出る。洗濯するシーツと枕カバーをはぎとり、たたんだ寝具を押し入れにしまった。

適当な服に着替えてから顔を洗い、ダイニングに入る。コンロにかけたフライパンでスクランブルエッグをつくっていた紫乃が、大樹の姿に気づいて優しく微笑んだ。

「おはよう、大樹さん。もうすぐご飯ができますよ」

「ありがとうございます」

ひと月前に退院した紫乃は、最近はだいぶ元気になり、大樹や零一の代わりに家事を請《う》け負《お》ってくれている。彼女の病気は完治したわけではなく、あくまで寛解《かんかい》。無理はしないように言ったが、紫乃は『これくらいならできますよ』と笑顔で答えた。

『こうやって家の中で体を動かせることが、すごく嬉しいんです。私もしばらくはここに住まわせていただくわけですから、少しは役に立たないと。疲れたときはちゃんと休みますので、心配はいりませんよ』

病み上がりだからといって寝ているだけだと、入院中を思い出してつらくなるらしいので、大樹は彼女に家事をまかせることにした。仕事をしていると平日はなかなか手が回らないため、掃除や洗濯をやってもらえるのは正直なところ、とても助かる。

テーブルについた大樹は、叔父夫妻とともに食事をとりはじめた。主食は商店街のパン屋で買ったという、自家製酵母《こうぼ》を使ったバゲット。大樹もよく食べているものだ。

紫乃はバターとジャムのほかに、白いココット皿をそれぞれの前に置く。

「これは？」

「アリゴといって、マッシュポテトとチーズを練り上げたものです。パンにつけて食べてください。フランスでは肉料理のつけ合わせにも使われるらしいですよ」

「へえ……」

「まあ、ぜんぶ零一さんの受け売りですけど。実は零一さんがやっていたお店でパンを頼むと、いつもこれが添えられていたんです。チーズフォンデュみたいでおいしいの」

何気ない会話をかわしながら、大樹たちは朝食を平らげていく。

「ああそうだ。今日は午前中、紫乃の通院があるから出かけるぞ」

「わかりました。何時の予約ですか？」

「十時半。せっかくだから昼飯も外で食ってくるよ。病院だけじゃつまらんからな」

「病院の近くにね、おいしそうな定食屋さんがあるんです。主治医の先生もお気に入りでよく食事をされるんですって。だから私たちも一度行ってみようかと」

「いいですね。どんな味だったかあとで教えてください」

祖母が亡くなってから、大樹はいつもこの場所で、ひとりで食事をしていた。

しかし少し前から叔父が住むようになり、紫乃も無事に退院し……。ひとりも気楽でいいとは思う。その一方で、台所に自分以外の人が立ち、誰かと一緒に食卓を囲むのも、やはりほっとするものだと感じはじめていた。

「ごちそうさまでした」

「出かける前にお布団も干しておこうかしら。お天気もいいし」

食事を終えた紫乃は、洗濯をするために脱衣所に向かった。大樹が流しで食器を洗っていると、隣で皿を拭いていた叔父が話しかけてくる。

「あのさ……。おまえ、姉貴から何か連絡とか来なかったか？」

「式のときに撮った写真は届きましたよ」

「それ以外は？」

「別にありませんけど……」

大樹の答えを聞いた叔父は、明らかに安堵の表情を見せる。

十日ほど前、従姉《いとこ》の結婚式をきっかけに、大樹の母と叔父は十数年ぶりに再会した。遺産問題のこともあり、母は叔父のことをよくは思っていなかった。だから少しでも溝が埋まればと思い、ふたりきりで話す場をもうけたのだ。

母と叔父がどのような話をしたのかは知らない。しかし、帰り際の母は奇妙なほど機嫌がよかった。叔父のほうはなぜか困ったような顔をしていたが、少なくともケンカ別れをした感じではなかったと思う――のだけれど。

「あのとき母さんに何か言われたんですか?」

「え!? な、何かってなんだよ」

「それはわかりませんけど、母さんの話になると挙動不審だから」

図星をつかれたのか、叔父の眉がぴくりと動く。

「人を不審者扱いするんじゃない。一回話したからって、いきなり仲良くなんてなれるわけないだろ。こういうのは時間をかけてやっていかないと」

叔父が食器を棚に戻しはじめたとき、暖簾《のれん》をかき分けて紫乃が顔をのぞかせた。

「零一さーん、ちょっとお布団干すの手伝ってくれない?」

「おう、いま行くぞ」

布巾を水切りカゴの中に放り投げた零一は、その場から逃げるようにしてすたこらと台所をあとにした。怪しいのはあからさまだったが、叔父のことだから追及してもはぐらかされるだけだろう。肩をすくめた大樹は、黙々と残りの作業を進めた。

「――じゃ、行ってくる」

「大樹さん。お布団、二時ごろまでにとりこんでおいてもらえますか？」

「わかりました。行ってらっしゃい」

車で出かけた叔父夫妻を見送った大樹は、玄関の鍵をかけて二階に上がった。今日は特に予定がないので、遊びに行こうが家でごろごろしようが自由だ。天気もいいし、散歩がてら外に出てもいいだろう。

(神社にでも行くか。武蔵《むさし》たちがいるかもしれないし)

大樹は財布とスマホをポケットに押しこんだ。そしていつもつけている腕時計に手を伸ばしかけたとき、碧から贈られた品のことを思い出した。

紙袋に入れていた箱は、昨日のうちに包装を解き、中を確認している。大樹は箱の蓋《ふた》を開け、腕時計をとり出した。碧にプレゼントをしたつもりが、まさか自分までもらうことになろうとは。しかも色が違うとはいえ、れっきとしたペアウォッチだ。

『次にふたりでお出かけするときは、これをつけて行きましょうね』

嬉しそうにしていた碧の顔が脳裏《のうり》に浮かび、大樹の口元が自然とほころぶ。

正直に言えば、そろいのものを身に着けるというのは、照れくさいし自分の趣味とも合わない。だが碧がよろこぶのなら、まあいいかと思ってしまう。自分に純粋な好意を向けてくれる彼女は、とても素直で好ましく見えるから。

碧は大樹よりも七つ年下だが、彼女は年齢のわりに考え方が大人だ。

そのためお互いにひとりの人間として尊重し合い、対等に話をすることができる。似た者同士ということもあり、こちらが一方的に甘やかして可愛がるわけではなく、平等な立場でつき合えるのだ。自分にはそのバランスが心地よい。

新しい腕時計をつけてみると、それは不思議と肌になじんだ。

(うん。いい感じだ)

晴れやかな気分になって、部屋を出たときだった。

下のほうから玄関のチャイムが鳴る音が聞こえてきたため、急いで階段を下りる。客人が来る予定はないから、宅配便か郵便だろう。リビングに入った大樹は、モニターつきのドアホンに近づいた。モニターを作動させ、訪問者の確認を――

「うわっ」

思わず声が出てしまい、大樹はあわてて口を押さえた。通話ボタンはまだ押していないから聞こえてはいないはず。

(な、なんでうちに……)

うろたえていると、再度チャイムの音が鳴り響いた。一瞬、居留守を使おうかとも考えたが、わざわざここまで来た相手に会うこともせず、帰ってもらうのも忍びない。

覚悟を決めた大樹は、応答スイッチに手を伸ばした。

「……はい」

『その声は大樹ね？　いつまで待たせる気なの。いるならはやく出なさい』

聞こえてきたのは凜《りん》とした女性の声。玄関に向かった大樹がドアを開けると、そこにはモニターで見た通りの人物が、圧倒的な存在感を放ちながら立っていた。

「ええと……久しぶり。でもいったいなんの用で……」

とつぜんの訪問に戸惑う大樹に、鋭い視線が突き刺さる。あいかわらずの厳しさだ。

白くなった髪をきっちり結い上げ、江戸小紋《こもん》の着物に長羽織《ながばおり》という和装に身を包んだその人は、淡々《たんたん》とした表情のまま口を開く。

「あなたに大事なお話があります。中に入れてちょうだい」


「大樹と引き合わせたいお嬢さんがいるのよ。つまりお見合いね」

客間に通した父方の祖母、雪村葉月《はづき》の言葉を聞いた瞬間、大樹は飲んでいた緑茶を噴き出しそうになった。寸前で回避に成功し、かろうじて平静を装《よそお》う。

（またその話かよ……）

げんなりした表情を隠さない大樹をよそに、座卓を挟んで向かい合う葉月は、なんてことのない顔でお茶をすする。誰が相手でも気を抜くことなく背筋を伸ばし、息を吸うように優雅な所作を披露できるところは、さすがと言うべきだろう。

「私の知り合いのお孫さんでね。ご両親は神楽坂《かぐらざか》で料亭を営んでいらっしゃるのよ。三人姉妹なのだけれど、今回は二番目の娘さんの相手を探しているんですって。年齢は二十七だそうだから、釣り合いもとれるでしょう」

――嫌な予感はしたんだよな……。

大樹は葉月に気づかれないよう、ひそかにため息をついた。

湯呑《ゆの》みを茶托《ちゃたく》の上に置いた葉月は、なおも続ける。

「その方、ご両親を手伝ってお店で働いているとのことだから、接客業には慣れているはずよ。もしお嫁に来てもらえたら、『ゆきうさぎ』のいい女将《おかみ》さんになってくれるんじゃないかしら。これほどのご縁はなかなかありませんよ」

「……」

自分と血がつながっている四人の祖父母の中で、いまも存命なのは目の前にいる葉月だけ。今年で八十一になる彼女は、これまで特に大きな病気をしたことがない。健康はもちろん、美容にも気を遣っているので、歳《とし》のわりに肌がきれいだ。

老舗《しにせ》旅館のひとり娘として生まれた葉月は、祖父——婿《むこ》をとって家を継いだ。女将として何十年も働いていただけあり、足腰も丈夫。自分の言いたいことはなんでもはっきりと口に出す人だから、心労をためこむような性格でもない。

長寿の条件がみごとにそろっているので、きっと長生きすると思う。

しかしストレスフリーということは、どこかにその影響を受け、何かを我慢している人が存在するはずで……。

「写真を持ってきたから見てみなさい。品があって素敵なお嬢さんよ」

「お祖母《ばあ》さん」

葉月の言葉をさえぎり、大樹は居ずまいを正して話しかけた。こちらの祖母は厳格なので、母方の祖母である雪枝《ゆきえ》のように、気軽に「ばーちゃん」とは呼べない。

「悪いけど、その手の話を受ける気はない。前から言ってるだろ」

見合い話を持ちこまれたのは、今回がはじめてではなかった。

葉月は顔が広いので知り合いも多く、これまで何度か似たような縁談をすすめられたことがある。そのたびに断ってきたのだから、いいかげんに無駄なことだと理解してもらいたい。ここ一年ほどは大樹が実家に帰省したときも沈黙していたので、やっとあきらめたのかとほっとしていたのに。

これまでは「年齢的にまだはやい」と言って拒否すれば、しぶしぶとはいえ納得してくれた。だからいつものように断ればいいだろうと思っていたのだが、今回は東京まで出てきたこともあるせいか、引き下がる気配がない。

「大樹。あなた、歳はいくつになったの?」

「二十八だけど」

「じきに二十九でしょう。来年には三十になるのよ。わかっているの?」

「はあ……」

気の抜けた答えが機嫌を損ねたのか、葉月はただでさえきつめに見える目を、さらに吊り上げる。子どものころは怖かったけれど、いまはすっかり慣れてしまった。

「その歳なら、そろそろ本気で身を固めることについて考えるべきじゃないの? 瑞樹《みずき》をご覧なさい。あなたより年下なのに、もう結婚三年目よ」

「瑞樹がはやかっただけだろ」

弟とその妻であるひかるは現在、旅館の若旦那《だんな》と若女将として働いている。

ひかるは大樹と同い年で、幼なじみでもある相手だ。子どものころは瑞樹も含め、よく三人で遊んでいた。一緒になると聞いたときは驚きつつも祝福したが、心の中では大丈夫なのかと心配になったのも事実だ。

大樹は不機嫌そうな顔をしている葉月を、ちらりと見た。

（姑《しゅうとめ》はともかく、大姑がこの人だからな……）

瑞樹の妻は、いずれ女将として旅館を背負って立たねばならない。接客業の経験があるならまだよかったのだが、結婚前のひかるはイラストで生計を立てていた。そしてそれ以外の仕事をしたことがなかったのだ。

もちろん覚悟の上で結婚したのだろう。だが、大樹の不安は的中してしまった。

まったく異なる業界に飛びこむことになったひかるは、なかなか仕事に慣れることができなかった。精神的に追い詰められた彼女は過食気味になり、一時は出勤すらできないほどに病んでしまったこともあったくらいだ。

心配した瑞樹や母のすすめで、ひかるは心療内科に通いはじめた。幸い、よい医師にめぐり合えたようで、過食の回数は少しずつ減っていったという。二年がたった現在は精神もかなり安定し、仕事にも復帰していた。

そんなこともあって、弟夫婦にはまだ子どもがいない。

ひかるの体調を考慮しているのだろうとは思うが、もしかしたら別の事情があるのかもしれない。そのあたりは非常にデリケートな問題なので、身内といえども無神経にたずねることはできなかった。

（でも、お祖母さんなら訊きかねない）

次代の跡取りをほしがっている葉月は、なかなか子どもができない孫夫婦に不満を抱いていると、母から聞いたことがあった。

そもそも葉月は、瑞樹とひかるの結婚についてもよい顔をしなかったのだ。結果的には受け入れてくれたが、本当はさきほど大樹に紹介したような、由緒正しい家柄の女性をあてがいたかったのだろう。

似たような経緯で嫁《とつ》いできた母は、姑の厳しい態度にめげることなく、真っ向からやり合うくらいの気概があった。一方のひかるは大人しめの気質なので、葉月の前では萎縮《いしゅく》してしまっている。瑞樹が間に入ってフォローしているが、どちらも大変だと思う。

旅館は弟が後継者となり、ことなきを得たものの、弟夫婦に対して申しわけなく思う気持ちはある。本来の後継者である自分が予定通りに実家を継いでさえいれば、ふたりにこんな苦労はさせずにすんだのだから。

——けれど自分は、「ゆきうさぎ」を選んだことを後悔はしていない。

そして弟も、別に嫌々跡取りになったわけではないと言っていた。本音はすでにぶつけ合っていたので、自分たちの間に禍根《かこん》はない。

「あらためて言っておくけど」

顔を上げた大樹は、葉月をまっすぐ見据《みす》えた。

「お祖母さんの若いころとは、時代も価値観も違うんだ。縁談なら俺じゃなくて、本気で相手を探している人に紹介すればいいだろ」

「どれもこれも嫌だと断ってばかりいたら、せっかくのご縁もなくなりますよ」

「縁なら誰かに世話してもらわなくても、自分の力で結ぶ。結婚するかどうかも、それがいつになるかも、相手についても自分で決める。お祖母さんの指図は受けない」

きっぱり告げると、室内を沈黙が支配した。

ここまで言えば、さすがの葉月も引き下がってくれるだろう。

期待を抱く大樹をよそに、葉月はふたたび湯呑みに手を伸ばした。残っていた緑茶を飲み干して、ふうと小さな息をついたかと思うと、冷ややかな声音《こわね》で言う。

「やけに余裕だこと。自分はどれだけ歳をとっても、望めばすぐに相手が見つかるとでも思っているの？」

「そんなこと言ってないだろ」

反論する大樹に向けて、葉月は唐突に爆弾を落とした。

「そうやって悠長にしていられるのは、もう相手がいるからでしょう」

「え……!?」

「まだ学生だそうじゃないの。ずいぶんと年下の子に手を出したものね」

大樹は今度こそ絶句した。葉月の口ぶりからして、鎌をかけたというわけではない。本当に知っているのだ。しかし――――なぜ？

「毬子《まりこ》さんが瑞樹に話していたのを聞いたのよ。いまあなたの顔を見て、でたらめじゃなかったとわかりました」

「母さんが……？」

わけがわからず、大樹は目を白黒させた。

碧との関係については、まだ母には何も打ち明けていない。それなのにどうしてと首をかしげたとき、少し前に叔父とかわした会話を思い出した。あのときは、母から連絡が来なかったかとしきりに気にしていたけれど……。

（零一さんか！）

犯人がわかった瞬間、大樹は頭をかかえたくなった。

挙動不審の理由はこれだったのか。大方、母と話をしているときにうっかり口をすべらせたのだろう。それでも、母と弟だけならまだよかったのだ。よりによって、もっとも知られたくなかった人に聞かれてしまうとは。

同時に、なぜ葉月がとつぜん、この家にやってきたのかも理解する。見合い云々《うんぬん》は口実で、話の真偽をたしかめることが目的だったのだ。

「相手がまだ若いから、しばらくは遊ぶつもりなの？」

「お祖母さん」

聞き捨てならない言葉に、大樹はとっさに口を挟んだ。強い口調で続ける。

「たしかに彼女は学生で若いけど、遊びでつき合ってるわけじゃない」

「それはつまり、その子との将来を真剣に考えているということでいいかしら」

こちらの事情がばれてしまった以上、嘘《うそ》をつくことも、適当にごまかすようなこともしたくない。碧から贈られた腕時計に触れた大樹は、偽《いつわ》りのない本音を告げた。

「つき合いはじめてから一年もたっていないし、彼女は就職も決まってる。社会人になれば視野も広がるだろうし、新しい人間関係も生まれていくはず」

「…………」

「だからこの先のことは断言できないけど、いつか一緒になれたら……とは思う」

大樹の答えを聞いた葉月は、少し目を伏せ、思案顔になった。

ややあって目線を上げ、口を開く。

「あなたが本気でその子と交際していることは伝わりました。そういうことなら今後、縁談をすすめるのは控えましょう」

ほっとしていると、葉月は「ところで」と続ける。

「お相手の子、『ゆきうさぎ』でアルバイトをしているそうね。次の出勤はいつ？」

「明日の夜だけど……」

鷹揚《おうよう》にうなずいた葉月は、腰を上げた。羽織に袖《そで》を通し、ボストンバッグを手にする。

「急に押しかけて悪かったわね。そろそろお暇《いとま》させていただくわ」

「あの。せっかくここまで来たんだし、よかったら昼飯でも」

「けっこうよ。今日は女学校時代のお友だちと、赤坂《あかさか》で昼食をとる約束をしているから」

「そ、そうですか……」

一分《いちぶ》の隙《すき》もなく、葉月は客間をあとにした。駅まで送ろうかという大樹の申し出を断り、颯爽《さっそう》とした足取りで歩道を歩きはじめる。その後ろ姿を見送りながら、頭の中にひとつだけ、疑問が浮かんだ。

（お祖母さんのカバン、日帰りにしては大きくなかったか？）

なんとなく不穏な予感がしたが、気のせいだと思いたかった。


「えっ！　雪村さんのおばあさんが？」

「ああ。連絡もなくいきなり来たから驚いた」

木曜日。大学から帰ってきた碧はいつものように「ゆきうさぎ」に出勤し、料理の仕込みを手伝っていた。学習塾の短期バイトは終了し、就職活動も終わった。大学生活も残すところ四カ月となり、現在は最後の課題である卒業論文を書き進めている。

締め切りまでひと月を切ったが、執筆はいまのところ順調だ。とはいえずっとパソコンと向き合っていたら疲れてしまうし、ストレスもたまる。そのため大樹と相談し、バイトの日数を増やしてもらうことにしたのだ。

「し、しかも。お、お、お見合いだなんて」

「落ち着け。ちゃんと断ったから」

大いにうろたえる碧の肩を、大樹が苦笑しながらぽんと叩く。

「先代……母方のばーちゃんと違って、父方のほうは昔からそんな感じでさ。いわゆるお嬢さま育ちなんだけど、跡取り娘だったたから厳しく育てられたみたいで。もう亡くなったけど、祖父も入り婿ってこともあって逆らえなかったらしい」

「そうだったんですか……」

「無駄に顔が広いものだから、知り合いも各方面にいるんだよ。世代的にしかたがないのかもしれないけど、ちょっと時代遅れなところもあって」

大樹は困ったような表情で言うと、調理台の上で大根の皮を剝《む》きはじめる。

(雪村さんのおばあさん、かぁ……)

彼の祖母というと、まず浮かぶのは「ゆきうさぎ」の先代女将。店内に写真も飾ってあり、優しそうな人だと思った。しかし大樹には、もうひとりの祖母がいるのだ。

そちらはいまも健在で、一緒に暮らした期間も長いはず。だが、大樹は父方の祖母について、あまり自分から話をすることはなかった。零一のときもそうだったので、おそらく苦手な身内なのだろう。いろいろあって零一とは和解したけれど。

(それにしても)

じっと見つめていると、視線に気づいた大樹が手を止める。

「なんだよ」

「あんまり意識したことなかったんですけど、雪村さんって実家が旅館なんですよね」

「何をいまさら」

「跡取りとか縁談とか……。なんだかドラマに出てくる御曹司《おんぞうし》みたい」

素直な感想を口にすると、大樹は目を丸くした。同時に奥の方でぷっと噴き出すような音が聞こえてくる。

「大樹が御曹司！　言われてみりゃそうかもしれないけど、似合わんなぁ」

「――零一さん?」

肩を揺らしておかしそうに笑う零一に、ひんやりとした声がかけられた。大樹が恨めしげな目でねめつける。

「誰のせいでこんなことになったと思ってるんですか……?」

「スマン」

零一はすかさずあさってのほうを向き、そそくさと貯蔵庫の中に入っていった。

「く……逃げ足がはやい」

大樹の話では、くだんの人に情報が漏れてしまった原因は、ほかならぬ零一なのだという。昨日大樹が問い詰めたところ、姉に脅されて洗いざらい喋《しゃべ》る羽目になったと白状したそうだ。どうやら零一は、大樹の母には頭が上がらないとみえる。

「悪かったな」

「えっ」

「その、勝手に話が広まって……」

気まずそうな顔をする大樹に、碧は「いえいえ」と首をふった。

「雪村さんが悪いわけじゃないんですから。でも、正直ちょっと怖くはありますす」

「怖い?」

「話を聞いて、ご家族はわたしのことをどう思われたのかな……と」

瑞樹、そしてひかるとは、以前に顔を合わせたことがある。しかし大樹の両親と父方の祖母には、まだ一度も会ったことがなかった。おつき合いをしている人の家族だから、やはりできることなら、いい印象を抱いてもらいたい。

「タマなら心配いらないだろ。第一、嫌われるような要素なんてひとつもないぞ」

「だといいんですけど」

「お祖母さんも、見合いはもうすすめてこないと思うし。大丈夫だよ」

大根の皮を剝き終えた大樹は、輪切りにしたそれに十字の隠し包丁を入れた。火の通りをよくするための細工をしてから、水を張った鍋で下茹《したゆ》でをする。

メインの鰤《ぶり》は、先に下ごしらえをすませてあった。頭とかまを落とし、ぶつ切りにした身は「霜降《しもふ》り」という作業を行う。熱湯につけて脂《あぶら》や鱗《うろこ》、血といった臭みの原因をとりのぞいておけば、仕上がりの風味がよくなるのだ。

「今日のおすすめは鰤大根ですね」

「寒鰤はいまが旬だからな。漢字に『師』って入ってるだろ。理由のひとつに、ちょうど師走《しわす》のころに脂がのって美味くなるからっていうのがあるらしい」

「なるほど」

「大根も、この時季にとれるものはやわらかくて甘いからな。煮物にはぴったりだ」

「おでんもおいしいですからねー。煮汁がじゅわっと染みこんで」

「いいねえ。純米酒の熱燗《あつかん》と合わせたら最高だな。こんな感じの甘いやつとか」

さりげなく話に加わってきた零一が、貯蔵庫から出してきたと思《おぼ》しき一升瓶《びん》をかかげてにやりと笑う。空気がなごんだところを見はからって戻ってくるのだから、ちゃっかりしている。大樹に目をやると、彼もやれやれと苦笑していた。

「零一さん、今回のことはツケにしておきますから」

「水には流してくれないのか」

「ダメです」

「わかったぞ。俺が忘れたころに倍返しで払わせるつもりだろ」

「どうでしょうね」

軽妙な会話をかわしつつも、大樹と零一はてきぱきと仕込みを続けた。どちらもプロの料理人だから、その手つきはみごとなもの。無駄な動きもないのだからさすがだ。

(なんだかんだ言って、このふたりは相性のいいコンビなのかも)

零一が「ゆきうさぎ」で働きはじめたときは不安もあったが、いまではすっかりお店の一員だ。常連客にも受け入れられて、なくてはならない存在になりつつある。

「鰤大根、あとはタマにまかせていいか。煮汁が少なくなったら落とし蓋をして」

「はい」

ぐつぐつと音を立てる鍋から離れた大樹は、次の仕込みをはじめた。レンコンと海老《えび》をそれぞれすりつぶして混ぜ合わせる。これを蒸し上げてから素揚げにすれば「しんじょ」と呼ばれる団子の完成だ。お椀《わん》に盛りつけ香り豊かな吸い口を添え、最後に吸い地をそそげば、冷えた体をあたためる汁物ができる。

大樹が作業をするかたわらで、零一は冷蔵庫から琺瑯《ホーロー》製のテリーヌ型をとり出した。

「お通しですか？」

「ああ。サーモンと帆立《ほたて》のテリーヌな。ワインはもちろんだけど、日本酒と合わせても美味いんだ。これは熱燗よりきりりっとした冷酒のほうがいいだろうな」

「へえ……」

カクテルやサワーを好み、つき合いでビールが一杯飲める程度の碧には、ワインも日本酒も未知の世界だ。知識は増えていくのに、いかんせん味覚が追いつかない。もっと歳をとれば、楽しむことができるようになるのだろうか。

そんなこんなで時間が過ぎ、十八時になった。

「こんばんはー」

「いらっしゃいませ！　お疲れさまでした」

「もう飲まなきゃやってらんないよ。とりあえずビールね」

店を開くと、仕事を終えた常連客たちが続々と集まってきた。今日は零一が出勤しているため、碧は接客に専念する。

席に案内したお客の注文をとって大樹たちに伝え、できあがった料理やお酒をすばやく運ぶのが自分の仕事だ。バイトをはじめて三年半もたてば、考える前に体が動く。きびきびと働いているときは気分も爽快で、立ち仕事の疲れも気にならない。

「タマちゃん、最近はよく見るね」

「バイトの日を増やしたんですよー。就職先も無事に決まったので」

「ほー、そりゃめでたい。お父さんもひと安心だな」

開店から一時間近くがたつころには、一番乗りでやってきた常連客たちはすっかりできあがっていた。店内は今夜もにぎわいを見せたが、二十一時が近くなるとお客も減り、落ち着いた雰囲気に包まれる。

開店早々に来店する彰三のような人もいれば、騒がしさを嫌い、遅い時間帯に暖簾をくぐる常連も少なくない。ひとりの時間を楽しむために来ている人たちなので、邪魔にならないよう、静かに仕事をする。

「タマ、手が空いたらそこのテーブル片づけてくれ」

「あ、いまやりますよ」

厨房《ちゅうぼう》から出た碧は、出入り口にもっとも近いテーブル席の片づけをはじめた。空になったグラスや食器をまとめていると、がらりと格子戸《こうしど》が開く。

「いらっしゃいませ」

顔を上げた碧と、中に入ってきたお客の目が合う。

(わ……着物だ)

「こんばんは」

玲瓏《れいろう》とした声の持ち主は、上品そうな老婦人。碧よりも背が高く、朽葉《くちば》色のシックな着物と長い羽織を着こなしている。「ゆきうさぎ」のような庶民的な小料理屋より、割烹《かっぽう》や高級料亭のほうが似合いそうなその人は、出迎えた碧をじろりと見下ろした。

頭のてっぺんから足先まで、まるで値踏みでもするかのような視線。その鋭い目つきにたじろいだものの、笑顔は崩さず接客する。

「おひとりさまでいらっしゃいますか?」

「ええ」

どこかの料亭の女将さんか、お稽古《けいこ》事の先生だろうか。

一挙一動を観察されているような気がして、圧迫感を覚えつつカウンター席に案内しようとしたときだった。厨房にいた大樹が「あっ」と声をあげる。

「お、お祖母さん……」

「えっ」

お祖母さんこと雪村葉月は、動揺する孫にかまうことなく、優雅な足取りでカウンターに近づいていった。


「お祖母さん、昨日のうちに帰ったんじゃなかったのか？」

大樹の問いかけに、葉月は眉ひとつ動かさずに答える。

「お友だちのお宅に泊まらせていただいたのよ。あちらも旦那さまが亡くなって、いまはおひとりだしね。私も隠居中で暇を持て余しているものだから」

葉月は手にしていたビニール袋を、カウンター越しに大樹の前に差し出した。袋は半透明なので、何が入っているのかは碧にもわかる。駅ビルの地下にあるスーパーのロゴがついているから、そこで買ってきたのだろう。

「ナス？」

「あなたはお菓子よりも、こちらのほうが好きでしょう」

葉月はにこりともせずにそう言った。どうやら孫への差し入れらしい。大樹が戸惑いつつも袋を受けとると、彼女はふたたび口を開く。

「明日の午前中には帰る予定なの。久しぶりに東京まで出てきたことだし、帰る前に大樹のお店で食事をしようと思ったのよ。かまわないわよね?」

「あ、ああ。それはもちろん」

大樹がうなずくと、葉月はこちらに背を向けた。

空いているカウンターではなく、四人掛けのテーブル席の椅子《いす》を引いて腰を下ろす。何十年も旅館の女将をやっていたというだけあって、言葉遣いをはじめ、ひとつひとつの動作も洗練されていて美しい。姿勢もよく、気品にあふれていた。

(同じ女将さんでも、『ゆきうさぎ』の先代とはぜんぜん違う)

生前の写真や先代女将を知る人たちの話から、雪枝は春のようにあたたかく、やわらかい雰囲気の持ち主で、親しみやすそうだという印象があった。

一方の葉月は、ぴんと張りつめた冷たい空気をまとう、冬の女王のようなイメージとでも表現すればいいだろうか。声も低めで落ち着いているため、おいそれとは近づけず、見ているだけで心身が引き締まるような気持ちになる。

（どっちのおばあさんも、名前のイメージとは正反対……）

遠巻きに見つめていると、葉月がこちらに目をやった。どきりと鼓動が跳ねる。

「お客が席に着いたというのに、飲み物も出してくださらないの？」

「あ、失礼いたしました！　ただいまお持ちいたします」

我に返った碧は、あわてて厨房に飛びこんだ。

相手が大樹の祖母だと思うと緊張し、いつものようにうまくお茶が淹《い》れられない。なんとか茶葉の量を調整してそそいだ緑茶を運ぶと、葉月はおもむろに口をつけた。

「……少し薄いのではないかしら」

「も、申しわけありません。淹れ直してきます」

「けっこうよ。飲めないわけでもありません」

淡々と返した葉月は、びくびくする碧を見上げ、わずかに眉をひそめた。

「それよりあなた、ブラウスの襟《えり》が乱れているじゃないの」

「えっ！」

「鏡をよくご覧なさい。襟が左右対称になっていません。接客業をしているのだから、身だしなみには気を配らなければ。――あら？　エプロンにも小さな染みが……」

（き、厳しい……！）

すっかり意気消沈してしまった碧は、すごすごと裏の厨房に戻った。お客の目に触れない場所で襟を直していると、「タマ」と声をかけられる。

「大丈夫か？」

「雪村さん、すみません……。いきなり失敗しちゃいました」

「たいしたことじゃない。気にするな」

優しく言ってくれた大樹が、小さなため息をつく。

「別にタマのことが気に食わないってわけじゃなくて、あっちの祖母はあれが普通なんだよ。現役時代も宿泊客には愛想《あいそ》よく接してたけど、従業員の教育には力を入れてさ。引退したあとも、着付けとかマナーとかの講師をやってる」

「そうなんだ……。いかにも『お師匠さま』って感じですよね」

「自分に厳しいのはかまわないんだけど、他人を見る目も同じなのが厄介《やっかい》で。何十年も旅館の女将をやってたし、どの店に行っても無意識に観察してるんだと思う」

接客業のプロフェッショナルであれば、粗《あら》はすぐに気がつくはずだし、口を出したくもなるのだろう。そんな彼女の目に、自分は果たしてどう映ったのか。考えただけで気分がどんより重たくなってくる。

「ひかるって憶《おぼ》えてるか？　弟の奥さん」

碧の脳裏に、過食で苦しんでいたという女性の姿が浮かんだ。

「うちの母親もそうだったらしいんだけど、あいつも弟と結婚したばかりのころは、祖母から女将の仕事を教わってたんだよ。叩きこまれた、と言うべきかもしれないけど」

「……」

「祖母はあの通りの性格だし、かなり厳しく指導されたんじゃないかな」

「もしかして、ひかるさんの過食はそのストレスから……？」

「ほかにもいろいろ重なった末のことだとは思うけど」

大樹は言葉を濁《にご》したが、一因ではあったのかもしれない。

人が大きなストレスを感じる原因のほとんどは、人間関係だと聞いたことがある。どこかの奥地で暮らしている場合でもない限り、他人とかかわることは避けられない。大多数の人が大なり小なり、悩みを持っているはずだ。

(悪い印象のまま終わりたくないし、なんとか挽回しないと……)

エプロンを染みのないものに替えると、大樹が背後に回った。後ろの紐《ひも》を結んでくれている間に、気になっていたことをたずねてみる。

「あの、ひとつ訊いてもいいですか？」

「ん？」

「葉月さん、ご存じなんでしょうか。わたしが雪村さんとおつき合いしてること」

「ああ、知ってる」

大樹はあっさり肯定した。

「写真は見せてないから、顔まではわからなかったはずだけど。だからこそ、確認するために来たんだと思う。今日の夜シフトに入ってるって話はしたから」

「それじゃ」

「食事は口実で、本当の目的はタマの顔を見るため。たぶんだけどな」

同じことを考えていたので、碧は「ですよね」とつぶやいた。葉月は碧が何者なのかを知っていたから、入店してすぐに品定めをするような目を向けてきたのだろう。

「これでよし。俺が言うのもなんだけど、あんまり気負うことはないからな」

エプロンの紐を結び終えた大樹が、緊張をほぐすように、碧の両肩にそっと触れる。

「タマはいつも通りに接客すればいいんだよ。無理していいところを見せようとしなくても、普通にしていればタマのよさはじゅうぶん伝わるはずだし」

「ご挨拶《あいさつ》はどうしましょう」

「うーん……。向こうから話をふってくるまでは、店員として接したほうがいいと思う」

「わかりました。できる限り、普段通りに接客するようにしますね」

――と、大樹には言ったものの……。

「お待たせいたしました。寒鰤の焼き霜造りでございます」

言葉遣いに注意しながら声をかけると、葉月が目線を上げた。

(や、やっぱり怖い……)

にらまれているわけではないのだろうが、眼光が鋭いため反射的に背筋が伸びる。気を抜けば手が震えてしまいそうだったので、碧は必死に心を落ち着かせながら、料理を盛りつけた平皿や、調味料が入った小皿を置いていった。

「こちらはポン酢醬油《ずしょうゆ》です。薬味はお好みでお召し上がりください」

焼き霜とは、魚の皮をつけたまま、刺身にする場合に用いる料理法のひとつ。直火《じかび》で表面を軽く焼いてから、すぐに氷水などで冷やすのだ。生の状態では臭みのある皮を炙《あぶ》ることで香ばしさが生まれ、余計な脂が落ち、皮目の旨味《うまみ》も引き出される。

「この鰤はどこで水揚げされたものかしら?」

「石川県の沿岸です」

食材については何を訊かれても答えられるよう、普段から産地は把握している。

「日本海の荒波に揉《も》まれて身が締まった、上質な寒鰤をご用意いたしました。この時季は産卵前のため脂の乗りも抜群なので、とろけるような食感をお楽しみください」

旬を迎えた魚は、火を通して調理するのもいいけれど、刺身にしてシンプルにいただくのも最高だ。

手に入れたばかりの新鮮な寒鰤は、まず大樹が手際よく捌《さば》いていった。柵と呼ばれる状態にした身には数本の金串を打ち、コンロの直火でさっと皮を炙る。軽く焼き目がついたら氷水で冷やし、水気を切ってから刺身にしていった。

切り分けた刺身は平皿に盛りつけ、小口切りにした浅葱《あさつき》を散らした。そこに大根おろしと山葵《わさび》を添え、醤油もしくはポン酢醤油で食べる。

「日本酒を一杯いただこうと思うの。このお料理にはどんなものが合いますか？」

「甘みが強いので、バランスを考えて辛口のお酒をおすすめします。銘柄《めいがら》は――」

（お酒のこと、雪村さんから聞いておいてよかった……！）

碧の説明を聞き終えた葉月は、やがて納得したようにうなずいた。

「それじゃ、そのお酒も持ってきていただける？」

「かしこまりました」

一礼した碧は、心の中で安堵しながら厨房に戻った。はじめは失敗してしまったが、いまのところは特に問題もなく、おだやかな時間が流れている。この調子なら大丈夫だろうと、張りつめた心がほぐれていった。

しかし、落とし穴は状況に慣れ、気を抜いたときにこそ開くもの。

碧がすすめた日本酒を飲みながら、葉月は寒鰤を皮切りに、豆腐《とうふ》の田楽《でんがく》、海老とレンコンのしんじょ椀などを味わっていった。厨房からちらりと見ただけでも、彼女の箸《はし》使いがとても美しく、食べ方も洗練されていることがうかがえる。きっと幼いころから徹底的に躾《しつ》けられたのだろう。

（まさしく『お嬢さま』って感じだなぁ。わたしとは大違い）

なじみの常連の会計が終わり、「ありがとうございましたー」と見送ったときだった。

葉月が軽く片手を上げ、自分を呼ぶ。すっとんでいった碧に、彼女はお品書きから顔を上げて言った。

「ここに載っていないお料理も、頼めばつくってもらえるのかしら」

「あ、はい。食材があればお受けできる場合もあります」

「さっき大樹に渡したお野菜があるでしょう。あれを使って一品、食べたいものがあるのだけれど」

「ナスのお料理ですか？　それは……」

「翡翠《ひすい》ナスよ」

碧は思わず首をかしげた。聞いたことがあるような、ないような。

「あら……。小料理屋にお勤めなのに、翡翠ナスがわかりませんか？」

「！」

そんなことも知らないのかとでも言いたげな口調に、碧の頬が恥ずかしさでかあっと熱くなる。しかし想像がつかないのは事実だったので、唇を噛んでうつむくしかない。

「不勉強で申しわけありません……」

「まあ、若い方にはまだ興味が湧かないお料理かもしれないわね。大樹に訊いてもかまいませんから、あなたがつくってみてちょうだい」

「わ、わたしが？」

「そうです。この機会につくり方を覚えておいて損はないでしょう」

思いもよらないリクエストを受けてしまい、碧は動揺しながら厨房に戻った。大樹に事情を話すと、彼は「翡翠ナスか」と意味ありげにつぶやく。

「むずかしいお料理だったりします？　すごく凝《こ》ったものだとか」

「いや。揚げナスの一種で、そんなにむずかしくはないよ。タマでもつくれる」

「そうですか。よかった……」

「品種の名前でもあるけど、料理名にも使われてる。ちなみに祖母の好物」

「え」

大樹はさきほど葉月からもらったビニール袋を手にとり、中身をとり出した。紫色で卵型をした、どこのスーパーでも売っているような中長ナスだ。

「祖母も俺と同じで、ナスが特に好きなんだよ。だからリクエストしたんだろうな」

「あと、わたしの料理の腕を試すため？」

「それもあるかもしれない」

「うう、プレッシャーが……！」

果たして自分に、葉月の舌を満足させられる料理がつくれるのだろうか。大いに不安ではあったが、こうなったらやるしかない。碧は覚悟を決めて腕まくりをした。

「よし、じゃあはじめるぞ」

「はい！」

気合いを入れた碧は、大樹の指示に従って、水で洗ったナスのヘタを切り落とした。それから真ん中に串を押しこんで貫通させる。こうやって穴をあけるか、もしくは切りこみを入れておくと、揚げたときに油が浸透しやすくなるそうだ。

「次はこれを素揚げする。皮はあとで剝くからつけたままでいい」

油をそそいだ鍋は適温に熱し、下処理を終えたナスを入れる。菜箸で転がしながら火を通していくのがポイントなのだという。

しばらくすると、穴をあけたナスから小さな泡が出はじめた。

「いい具合だな。そろそろ出していいぞ。熱を通しすぎると弾力がなくなるから」

「了解です！」

碧はよく揚がったナスを鍋から出し、油を切った。大樹がボウルに氷水を用意しておいてくれたので、それに浸ける。揚げてからすぐに冷やすことも、この料理をつくる上では重要なことらしい。

粗熱をとったナスの皮は、手で剝ける。中からあらわれたのは――

「うわぁ、きれいな緑色」

「この色が翡翠を思わせるから、そう呼ぶようになったんだってさ」

「宝石にたとえるなんて素敵ですね」

生の状態では白っぽいクリーム色をしているナスは、揚げるとあざやかな緑に変化を遂げ、油を吸ってコクも出る。透明感があって美しくきらめく様は、まさに宝石のよう。この名前をつけた人は、センスのよいロマンチストだったに違いない。

(高級感があるし、上品な葉月さんにはぴったりのお料理かも)

「これに鰹節《かつおぶし》をかけて食べてもいいし、煮浸《にびた》しにしても美味い。俺が好きなのは梅肉ソースがけだけど、さっぱり系の味だから夏向きなんだよな」

「そもそもナスって夏野菜ですもんね」

「秋ナスって言葉もあるけど、旧暦の秋を指してるからせいぜい九月あたりまでか。でもいまはハウス栽培で一年中食べられるからいいよな。料理人としては、できるだけ旬を大事にしたいところだけど」

大樹のアドバイスを受けながら、碧は翡翠ナスを慎重な動作で器《うつわ》に盛りつけた。できるだけ美しく見えるよう、器の形や柄にも気を配る。

「こんな感じでどうでしょう」

「いいんじゃないか？　見た目もきれいだし」

大樹からお墨付《すみつ》きをもらえたことで、心の中に自信が生まれる。碧はできあがった料理の器をお盆に載せ、葉月のもとに運んだ。

「お待たせいたしました。ご注文の翡翠ナスです」

「あなたがつくったものでいいのよね？」

「はい。雪村さんから教わりました」

味つけをどうしようかと考えた末、鰹節と昆布《こんぶ》からとった和風の出汁《だし》に浸し、上からとろろをかけることにした。とろろの原料である山芋は、いまの時季が旬だ。すりおろすことで粘《ねば》り気が出て、ふんわりとした食感も楽しめる。

「どうぞごゆっくり」

テーブルを離れようとしたとき、「お待ちなさい」と呼び止められた。

碧をその場に留まらせた葉月は箸をとり、とろろを絡めた翡翠ナスを口に運ぶ。もちろん味見はしたけれど、気に入ってもらえるかどうか。

固唾《かたず》を飲んで見守っていると、やがて葉月は箸を置き、こちらを見た。

「私はもう少し鰹の出汁が濃いほうが好みなのだけれど」

「！　し、失礼いたしました」

「翡翠色も、やり方によってはもっとあざやかに出せるはずですよ」

「……………」

「でもまあ、はじめてにしては悪くないでしょう」

抑揚《よくよう》のない声で言った葉月は、あいかわらず淡々とした表情のままお茶をすすった。

結局、合格なのかそうではないのか、いまいちよくわからない。しかし彼女は、なんだかんだ言いつつも、碧がつくった翡翠ナスをきれいに完食してくれたのだった。

デザートの柚子《ゆず》ゼリーを平らげた葉月が、「お会計を」と言って立ち上がった。

碧がレジを打っていると、大樹が彼女に話しかける。

「お祖母さん、今日も友だちの家に泊まるんだろ。駅まで送っていくよ」

「ひとりでも大丈夫ですよ」

「いや。時間も遅いし、途中で何かあったら大変だからさ」

苦手な身内といえども、相手は血がつながった祖母。そのうえ高齢なので、大樹が心配するのも当然だ。零一を店内に残し、会計を終えた碧は見送りのために外に出る。

「ご来店ありがとうございました。またお越しください」

碧が深々と頭を下げると、葉月はおもむろに口を開いた。

「あなた……玉木《たまき》碧さん、といったかしら」

「は、はいっ」

はじめて名前を呼ばれたため、驚いて声が裏返ってしまう。

背筋をびしっと伸ばした碧に向けられたのは、来店したばかりのときとなんら変わることのない、氷のようなまなざし。けれど別に怒っているわけではなく、それが彼女の素なのだと、なんとなくわかってきた。

「私はいま、自宅で着付けや行儀作法を教える教室を開いています」

「あ……はい。雪村さんからうかがいました」

「東京からは少し距離がありますが、よかったら近いうちにお勉強にいらっしゃい」

「え……」

「若いうちから身に着けておいて損はありませんよ」

それだけ言って、葉月はこちらに背を向けた。毅然《きぜん》とした足取りで歩きはじめる。

（ど、どういう意味だろう……）

彼女の真意が読みとれずに戸惑う碧に、大樹が苦笑しながら教えてくれた。

「たぶん、近いうちに遊びに来いって言ったつもりなんだよ。教室云々は口実で」

「そうなんですか？」

「少なくとも、嫌われたわけじゃないと思うぞ」

「大樹、何をしているの。行きますよ」

足を止めてふり返った葉月に、大樹は「はいはい」と答えてあとを追う。

だんだん小さくなっていくふたりの姿を見送りながら、碧はさきほどの大樹の言葉を思い出した。大樹のもうひとりの祖母。気むずかしくてわかりにくい人だけれど、また会いたいと思ってもらえたのなら、それはそれで嬉しい。

（次にお会いするときは、もっとおいしい翡翠ナスがつくれるようにしておこう）

そんな決意をみなぎらせ、碧は店の中へと戻っていった。

第4話　魔法使いのガレット

「では教授、こちらを……」

「うむ、たしかに受けとった。ひとまずご苦労と言っておこうか」

プリントアウトした卒論の束を渡すと、椅子《いす》に着座したままの担当教授は、ずっしりと重たいそれをぱらぱらとめくった。やがて視線を上げ、緊張する碧《あおい》に目を向ける。

「ぱっと見たところ、かなりの量のデータをとっているようだね。グラフが多い」

「数値化したデータで説得力を持たせたくて。数字には力がありますから」

「その意見には大いに同意する。これまで学んだ統計学を応用し、どこまで分析することができたのか……。楽しみに読ませてもらうよ」

「よろしくお願いします」

秋の気配も遠ざかり、年末が近づいてきた十二月の半ば。

締め切りまであと二日となったこの日、碧はコツコツと書き進めていた卒論をついに完成させて、教授に提出した。同じゼミの学生は、碧よりもはやく提出した人もいれば、ぎりぎりまで粘《ねば》る予定の人もいる。

「玉木《たまき》くんは院ではなく就職を希望していたはずだが……。もう決まったのかね」

「おかげさまで、私学の中高一貫校に内定をいただきました」

「そうか。それはめでたい」

教授は満足げにうなずき、口角を上げた。

「何事にも熱心な玉木くんなら、きっと優秀な教員になることだろう。社会というのはなかなか厳しく、新人にも風当たりが強い場所だ。まずは仕事に慣れるまでが大変だが、めげずに頑張っていきなさい」

「はい！」

ぺこりと頭を下げた碧は、「失礼しました」と言って研究室をあとにした。廊下に出ると体の底から達成感のようなものが湧き上がってくる。

――やっと終わった……！

碧は愛用のトートバッグを肩にかけ、足取りも軽く歩きはじめる。

卒論にどのような評価が下されるのかはわからないが、自分が大学でやるべきことはほぼ終了した。あとは卒論と教育実習の単位をとり、中学と高校の教員免許をそれぞれ取得すれば、晴れて卒業となる。

(年が明けたら、大学に来ることもほとんどなくなるなー……)

講義を受けることはなくても、これまでは執筆のアドバイスをもらうために教授の研究室をたずねたり、資料を求めて併設されている図書館に通ったりしていた。しかし卒論が終わったいま、こうやって構内に入るのもあと数回になるだろう。

　年が明ければ、優秀な論文が発表される。そして卒業に必要な単位をそろえることができれば、いよいよ休暇に突入だ。卒業を控えた四年生は、大学生活最後の長期休暇ということもあり、遊びや旅行の計画を立てている。

　ゼミの仲間たちもそれぞれ、進学や就職が決まったという。碧が親しくしている友人ふたりも、ひとりは母校に職を得て、もうひとりも教員採用試験にみごと合格し、春から都内の公立中学校で働くことになった。勤務地はどちらも東京だから、卒業してからも気軽に会うことはできるだろう。

「お、玉木じゃん」

「卒論出した？」

　廊下を歩いていたとき、同じゼミの男子学生ふたりと鉢合わせた。

「いま出してきた」

「俺らもこれから。そういや来週、卒論の打ち上げでもやろうかーってことになってるんだけど、玉木も来ない？　男ばっかじゃ華がなくてさ。あ、もちろん教授も来るよ」

　碧が所属しているのは数学専攻のゼミのため、ほかにくらべて女子学生が少ない。理数系は女子にあまり人気がないので、物理や化学も似たような感じらしいけれど。

「そうだなぁ……。佐原《さはら》さんとかユカちゃんも来るなら行こうかな」

「よっし。そんじゃ、詳しいこと決まったら連絡するから」

「料理がおいしくてたくさん食べられるお店がいいな」

「食べ放題とか？」

「いや、だめだ。玉木さんの胃腸を侮《あなど》るな。制限かけないと食い尽くされるぞ」

「そんなことしないよー」

「嘘《うそ》つけ！」

男子学生たちと別れた碧は、階段を下りて建物の外に出た。

春になれば、碧も含めてみんな、新しい生活をはじめているはず。同じ教室で学んだ仲間たちと離れることはさびしいけれど、未知の世界にわくわくしている自分もいた。思い返してみれば、中学や高校のときも同じような気持ちになったような気がする。

(研修がはじまるのは三月から……)

それまでは、大学生として過ごす最後の休暇を思いきり満喫しよう。

――そうと決まれば、まずは腹ごしらえだ。

碧が向かったのは、構内にあるなじみのカフェテリアだった。天井が高く壁もガラス張りのそこは、お洒落《しゃれ》な雰囲気で女子学生から人気が高い。安くておいしい学生食堂も好きだけれど、カフェテリアで過ごす優雅なひとときも気に入っている。

昼休みは終わっていたので、利用している人はまばらだった。注文するためにレジに行くと、パートで働いている顔見知りのスタッフが対応してくれる。

「あらっ。誰かと思えば玉木ちゃん！　なんか久しぶりねえ」

「こんにちは。さっき卒論を出してきたんですよ」

「もうそんな時期なのね。玉木ちゃんがじきに卒業だなんて。さびしくなるわぁ」

ふくよかなお母さんのような印象の女性は、碧が入学した年に仕事をはじめた。自分はカフェテリアのスタッフの間で、「常連の中でも特に大食いの女子学生」と認識されているらしく、顔と名前を知られているのだ。

「せっかく来たんだから、特別メニュー食べていきなさい。おいしいわよ」

「あ、看板に書いてありましたね。ガレットでしたっけ」

「冬休みに入るまでの限定でね。蕎麦《そば》アレルギーとかはないでしょ？　玉木ちゃんが大好きなカレー味もあるわよ」

「お願いします！」

碧は目を輝かせて注文した。女性は「すぐに用意するからね」と言って、厨房《ちゅうぼう》にオーダーを通す。しばらく待っていると、厨房のほうから魅惑的なスパイスの香りがただよってきた。やがて女性がお皿を載せたトレイを手に、こちらに戻ってくる。

「はい、お待たせしましたー」

「わ、おいしそう！」

ガレットは蕎麦粉を使ってつくる、薄焼きのクレープのような料理だ。生地の折り方もさまざまで、具材も食事系からデザート系まで、多種多様のアレンジができる。

碧が注文したガレットは、生地の上に具材を載せ、上下左右を内側に折りたたむという基本的な形をしていた。火を通すことで生地にできる小さな気泡が、繊細《せんさい》なレースのごとき模様を生み出し、見る者の目も楽しませてくれる。

具材は牛挽《ひ》き肉を使ったキーマカレーと、光に反射して黄身が輝く半熟卵。溶けたシュレッドチーズもかかっていて、食欲をそそる。

「ではでは。いただきます」

両手を合わせた碧は、さっそくガレットにナイフを入れた。その瞬間、ふんわりとやわらかな感触が伝わってきて、思わず表情がゆるんでしまう。

まずは端《はし》を切り、蕎麦粉の香りを楽しみながら口に入れる。ほのかにあたたかい生地の風味をぞんぶんに堪能《たんのう》してから半熟卵を崩し、流れ出た黄身をキーマカレーとチーズに絡めた。そして生地で具材を巻きこみ、フォークで刺してぱくりと頬張《ほおば》る。

（ああ……最高）

キーマカレーは欧風の味つけで、ジューシーな肉汁と香味野菜の旨味《うまみ》がスパイスとうまく混ざり合い、コクのある仕上がりになっていた。おそらく風味づけに白ワインも入っているだろう。そこによく伸びるチーズと半熟卵のなめらかさが加わって、マイルドな味わいを楽しむことができた。

（ほんとにおいしい。このカフェテリアのレベル、やっぱり高いなぁ）

碧が夢中になってガレットを食べていると、さきほど接客してくれたスタッフの女性が近づいてきた。その手には、小さな透明の袋に入った二枚のクッキー。

「ごめんなさいね。これ渡し忘れちゃったわ」

「わたしにですか？」

「ガレットを注文してくれたお客さんへのサービス。クリスマスシーズンだからね」

「可愛《かわい》い！　ありがとうございます」

星型のステンドグラスクッキーには、赤と緑のキャンディが流しこまれていた。すぐに食べてしまうのはもったいないと思ったので、持ち帰ることにする。食事を終えた碧は、割れないように袋をハンカチで包んでから、バッグの上のほうにしまった。

大学での用事は済んだため、カフェテリアをあとにすると正門から外に出た。今日は十七時から「ゆきうさぎ」のバイトが入っている。

（まだ時間があるし、駅ビルでぶらぶらしようかな）

電車に乗った碧は最寄り駅に到着すると、改札を出た。

直結している駅ビルに入ると、イベントスペースにはキラキラとしたオーナメントで装飾された大きなツリーが置いてあった。館内は赤や緑のリボンに鈴、リースなどで飾りつけられ、流れてくるBGMもクリスマスソングで固定されている。

華やかな館内に、気分を盛り上げる音楽。心なしか、買い物をしている人々の顔つきも明るく楽しそうに見える。

（クリスマス……。雪村《ゆきむら》さんとは二十五日に約束してるんだよね）

昨年までは料理人が大樹《だいき》ひとりだったので、彼がお店を抜けることはできなかった。しかしいまは零一《れいいち》がいるため、交代で休みをとれるようになったのだ。

『零一さんは二十四日がお休みなんですね。奥さんと一緒に過ごすのかな？』

『ああ。ジャズだか何かのライブに行くって言ってた。紫乃《しの》さんが好きなんだってさ』

『ジャズかぁ。大人って感じで素敵』

『それはそうと、俺たちはどうする？　どこか行きたいところがあるなら』

大樹はあたりまえのように、その日を自分のために空けてくれた。嬉《うれ》しさのあまり思いきり顔に出てしまい、「にやけすぎだろ」と苦笑されたけれど。

大樹とふたりで話し合い、二十五日は都内で開かれるクリスマスマーケットに行くことにした。可愛い雑貨が売っているようだし、会場には限定のフードやドリンクの屋台も多数出るらしい。食べることが何よりも好きな自分たちにはぴったりの場所だ。

『イルミネーションも見に行きたいな』

『ベタだな』

『いいじゃないですか。きれいなんだから』

もちろん大樹と一緒なら、どこであろうと楽しく過ごせる。けれど誕生日と同じく、クリスマスも年に一度のイベントだ。いつものお出かけよりも特別感があるし、その日が来るのを心待ちにしている自分がいる。

「……さて」

エスカレーターで三階に上がった碧は、案内板の前に立った。このフロアにはメンズ向けのセレクトショップが何軒か入っている。これまでは縁がなかったが、今日は違う。

(クリスマスといえば、普通はプレゼントが欠かせないよね)

お互いの誕生日が近かったので、先月末、碧と大樹はペアの時計を贈り合った。大樹からもらった時計はいま、碧の腕で時を刻んでいる。それからまだ半月ほどしかたっていないこともあり、大樹は「クリスマスプレゼントはいらない」と言っていた。

『時計だけでじゅうぶんだよ。気にしなくていい』

大樹は優しいから、碧に金銭的な負担をかけたくないと思ってくれたのだろう。

それはありがたいのだけれど、何もあげないというのもさびしいなと感じた。だから値段の安い、気軽に渡せそうなものを探しているのだ。

(雪村さんなら何をあげてもよろこんでくれそうだけど……。腕時計みたいに実用性が高い小物がいいのかな。それとも家で使えるキッチン用品とか？　でも相手はプロの料理人だし、そのあたりはこだわりがありそうだなー)

あれこれ考えながら歩いていたとき、碧はふいに足を止めた。

視線の先には一軒のセレクトショップ。その店先で、見覚えのある女性の姿を見つけたのだ。アイボリーのあたたかそうなコートを着こみ、首にはマフラーをぐるぐると巻きつけている彼女は、こちらに気づくことなく真剣な面持ちで商品を吟味《ぎんみ》している。

(あいかわらずの着ぶくれ具合……)

「ミケさん」

「！」

呼びかけた瞬間、ミケさんこと三ヶ田菜穂《みかたなほ》は、はじかれたように顔を上げた。碧と目が合うなり、手にしていた商品をあわてた様子で棚に戻す。

彼女が見ていたのは、黒い革製のキーケース。それは明らかに男物で――

一年前まで「ゆきうさぎ」で働いていた菜穂は、碧より五つ年上だ。年齢は少し離れているが、元バイト仲間というよりは、友人と言ってもいい関係だと思う。

そんな彼女が男性向けのお店で、品物を手にとり悩んでいる……。

「彼氏へのクリスマスプレゼントですか?」

ずばりと指摘すると、菜穂の頬が少しだけ赤くなった。どうやら図星だったらしく、恥ずかしそうに目を伏せる。そんな仕草が可愛らしい。

「う……。わ、わかりますか」

マフラーに口元が隠れているせいで、もごもごとした声が聞こえてくる。

「ええまあ。ここっていつもミケさんが入るようなお店じゃないし、すっごく熱心に選んでいたみたいだから。たいせつな人への贈り物なのかなと」

「私、浮かれているように見えました?」

「そんなことないですよ」

「よかった……。その、こういった相手ができたのは、お恥ずかしながら二年ぶりのことでして。浮かれポンチのお花畑にでも見えていたらどうしようかと」

微妙な死語を使いながら、菜穂はほっとしたように胸を撫《な》でおろした。

「いつからおつき合いされてるんですか？　あ、言いたくないなら無理にとは」

「かまいませんよ。今月で三カ月目になりますね」

隠す気はないらしく、彼女は素直に教えてくれる。

三カ月なら、もうすぐ半年になる自分と大樹よりも初々《ういうい》しいカップルということだ。大学の友人たちとは違って、菜穂とは恋愛に関する話をあまりしたことがないので、少し気恥ずかしい感じもする。

（ミケさんはちゃんと教えてくれたし、わたしも雪村さんとのこと話しておこうかな）

そう思っていたとき、同じく何事かを考えていた菜穂が動いた。さきほど品定めしていたキーケースをふたたび手にとり、碧に見せる。

「ここでタマさんに会ったのも何かの縁。黒と茶色とグレー、どれがいいと思います？」

「えっ」

「私ひとりじゃ決められなくて……」

菜穂は困ったように眉を下げた。

「タマさんの意見を聞いてみたいです。この中で選ぶならどの色にしますか？　黒は無難だけど面白味がないかもしれないし、茶色はなんとなくイメージじゃない気がして。ここは消去法でグレーにしておくべきでしょうか？」

「うーん……。お相手の好みもありますしね。ミケさんが選んだものなら、何色でもよろこんでくれるんじゃないですか？」

「だったとしても、下手なものは渡したくないんですよ。センスが重要なんです」

「ああ。蓮《れん》さんって持ち物にはこだわりがありそう」

「ええもう、外見からしていかにも……って」

言葉を切った菜穂は、目を丸くしてまじまじと碧を見つめた。

「……私、相手が誰なのかまで教えましたっけ？」

「いえ、たぶんそうなんじゃないかなーと。ミケさんたち、けっこう前から仲がよさそうな雰囲気でしたよ？」

「そ、そんなにバレバレだったんですか？」

「怪しい感じはありましたね。よく一緒にご飯に行ってたみたいだし。だからつき合っていてもおかしくはないなと思って。むしろまだ三カ月ってことに驚きました」

「ま、まあその。いろいろあったんですよ。紆余《うよ》曲折というものが」

菜穂は照れくさそうに笑いながら、赤くなった頬を手であおいだ。その仕草が微笑《ほほえ》ましくて、碧の口元も自然とほころぶ。

（ミケさんと蓮さんか。意外とお似合いかも）

フランス帰りで容姿も華やかなパティシエの蓮と、ふんわりとした雰囲気が可愛らしい書店員の菜穂。ふたりを結びつけたのは、ほかでもない「ゆきうさぎ」だ。

育った環境はまったく違うけれど、同い年ということもあって、波長が合ったのかもしれない。自分と大樹は歳《とし》が離れているため、つき合う直前まではあくまで雇い主とバイトの関係だった。一方の菜穂と蓮は、友だちからはじまったのだろう。

碧はいつも彼女たちと一緒にいるわけではないので、ふたりの間にどのような感情の変化があったのかは、本人にたずねてみないとわからない。友人から恋人になったという話はめずらしくもないことだが、身近なふたりだから興味がある。

「蓮さんとのお話、聞きたいなぁ。ちょっと上のカフェに行きません？」

好奇心がむくむくと湧いてきたので、誘いをかけてみることにする。

「ケーキセット奢《おご》りますよ」

「甘いものはダメです」

「ダメ？」

きょとんとする碧に、菜穂は何かを我慢するような表情で「ダイエット中なんです」と言った。彼女曰《いわ》く、蓮とつき合いはじめてから洋菓子を口にする機会が多くなり、見る見るうちに体重が増えてしまったのだという。

「ただでさえ太りやすい体質なのに！　しかも私、背も低いじゃないですか。蓮さん痩《や》せててスタイルいいから、横に並ぶと余計に際立っちゃって。相手が格好良すぎるのも考えものですよ」

――言われてみれば、たしかに少しぽっちゃりした感じはするけれど。

なんだか惚気《のろけ》に聞こえなくもないが、菜穂にとっては切実な悩みなのだろう。

「ミケさんはそのままでもじゅうぶん可愛いですよ？」

「うう、ありがとうございます。でもせめて、ついたばかりのお肉は落とさないと」

視線を落とした菜穂は、コートの上から自分の下腹に触れる。碧は逆に太りにくい体質で、もう少しお肉をつけたいと思っているのに、うまくいかないものだ。

「というわけで、デザートは厳禁です」

「じゃあお茶だけでも」

「そうですねー……。あ！　もうこんな時間だ」

腕時計に目をやった菜穂は、にわかに焦りはじめた。陳列台の上に散らかしていたキーケースをきれいにそろえ直すと、ふたたび碧と向かい合う。

「ごめんなさい。これから臨時の仕事があるんです。お話はまたの機会に」

「えっ」

「いったん外に出て裏口から行かないと。このビル厳しいんですよ、そのあたり」

菜穂の職場はビルの上階にあるが、お店のほうから入るのは禁止されているようだ。彼女は「それじゃ！」と言って、下りエスカレーターのほうへと駆けていった。

「残念……」

残された碧は、タイミングの悪さに苦笑した。菜穂が戻したキーケースが気になり、自分も手にとってみると、やわらかい感触でなかなか素材がよさそうだ。しかし値札を見て撃沈する。これは完全に予算オーバーだ。

蓮のようにお洒落で、洗練されたセンスを持つ人への贈り物を考えるのは大変だろう。一方で、大樹のようにまったく気にしない人というのも、それはそれでむずかしい。だがどちらにしても、根底にあるのは相手によろこんでもらいたいと思う気持ちだ。

(しかたない。別のものを探そう)

こちらを監視――もとい見つめていた店主に愛想笑《あいそ》いを返した碧は、商品を置いてそそくさとその場を離れ、駅ビルをあとにしたのだった。

「大樹、みかんもうひとつ食べていい？」

大樹がパソコンの画面から目線を上げると、こたつテーブルを挟んだ向かいに座っていた蓮が、カゴに盛られたみかんに手を伸ばしたところだった。テーブルの上には、皮だけになったみかんの残骸《ざんがい》がいくつも置いてある。

「蓮、そんなにみかん好きだったか？」

「そうでもないんだけど、ひとつ食べてみたらおいしくてさ。桜屋《さくらや》の新作プリン、次はみかんを使ってもいいかもな。カラメルの代わりに果肉のジュレを使って」

パティシエらしいことをつぶやきながら、蓮は丁寧にみかんの皮を剝《む》きはじめた。

今夜の「ゆきうさぎ」は叔父《おじ》にまかせてあるため、大樹は母屋《おもや》の客間でノートパソコンを使い、帳簿の整理をしていた。蓮も仕事が休みのようで、店に食事をするために来たのだが、まだ時間がはやいので開店まではここで過ごすつもりなのだ。蓮がふらりと遊びにくるのはよくあることだから、いつものように客間に通した。

みかんを一房、口に放りこんだ蓮は、しばらくして満足そうな表情になる。

「うん、これも甘い。どこで買ったのこれ」

「うちの祖母から送られてきたんだよ。お歳暮《せいぼ》でもらったとかで」

「ああ、前に言ってた厳しいおばあさんね。ちょっと前に来襲したんだっけ」

「来襲って、怪獣じゃあるまいし。別に攻撃しに来たってわけでもないぞ」

「でも偵察には来たんだろ。未来の大樹の嫁候補」

大樹の眉がぴくりと動いた。蓮はその反応を楽しむかのように、口角を上げて続ける。

「タマちゃん、おばあさんに気に入ってもらえた？」

「おまえ、絶対おもしろがってるだろ」

「心外だなぁ。大事な幼なじみの今後を心配してるっていうのに。見なよこの真剣な顔」

蓮はわざとらしい口調で答えた。その心境は明白だ。

出会ってから二十年以上のつき合いになる蓮は、家族以外に気を許すことのできる相手のひとり。だからお互いに気を遣わず、思ったことを素直に話せるのだけれど。

意外に勘が鋭い蓮は、大樹が打ち明ける前から、碧との関係について察していた。だから少し前に大樹が伝えたときも、「だと思った」と笑いながら言ったのだ。そしてお返しとばかりに、自分が菜穂と交際をはじめたことを教えてくれた。大樹はその手のことには疎《うと》いので驚いたが、たしかに特別な感情が生まれてもおかしくない状況ではあった。

(外面はいいけど、実はけっこう曲者《くせもの》なんだよな。ミケさんも苦労しそうだ)

蓮の性格を熟知している大樹は、ひそかにそんなことを考える。

「まあ、お歳暮のお裾《すそ》分《わ》けを送ってくれるくらいだし？　大樹のおばあさんもなんだかんだ言って、やっぱり孫のことが可愛いのかもね」

「どうだろうな……」

お歳暮やお中元を贈り合う文化は、世代が若くなればなるほど、なじみの薄い習慣になりつつある。それでも大樹は、先代女将《おかみ》が生前にしていたときと同じく、日頃からお世話になっている取り引き先や税理士に品物を贈っていた。

こういった風習は、昔ながらの商店街のように、時代の波に呑《の》まれて廃《すた》れていってしまうのかもしれない。それでも大樹は先人に倣《なら》い、長いつき合いのある人たちを大事にしたいし、古臭いと言われようとも義理堅い人間でありたいと思う。

「それにしても。やっぱりこたつはいいよなぁ」

あっという間にみかんを食べ終えた蓮が、幸せそうな表情でこたつ布団に頰ずりする。

「これぞ日本の冬って感じで。うち、こたつが置けるほど広くないからさ」

「それ以前に、あの部屋には似合わなそうだけどな」

蓮が住んでいるマンションには、何度か遊びに行ったことがある。無機質でスタイリッシュな部屋なので、たとえ置くことができてもミスマッチになるだろう。

「ミケさんの家にはないのか？　こたつ」

「あるよ。でもひとり向けだから狭いんだよなー。このまえミケさんのアパートで一緒に飲んだんだけど、気持ちよくなって寝こけてたら邪魔だって怒られた」

「そりゃまあ、図体《ずうたい》のでかい酔っぱらいが床でイビキかいてたら邪魔だろ」

「イビキなんてかいてないよ。……たぶん」

大樹はやれやれと肩をすくめた。どちらにしろ、仲良くやっているのなら何よりだ。蓮の話を聞く限り、菜穂とは気の置けない関係を築いているのだろう。そのあたりの遠慮のなさが、同い年のカップルらしくてうらやましい。

「そうだ。大樹にひとつ訊《き》きたいことが」

こたつ布団から顔を離した蓮が、思い出したように言う。

「大樹って、タマちゃんのこと名前で呼んでる?」

「え?」

「えーと、たしか碧ちゃんだったっけ。あだ名じゃなくて本当の名前」

「いや……。タマのお父さんがいるときは呼んだことあるけど、本人に対してはまだ」

蓮の問いかけは、大樹も以前から考えていたことだった。

関係が変わったのだから、ふたりきりのときはやはり、本名で呼んだほうがいいのだろう。タマというあだ名は自分がつけたこともあって呼びやすいし、響きも可愛いと思っているのだが、それはあくまでニックネームに過ぎない。

(とはいえ……)

「蓮はどうなんだ？　俺の前ではミケさんって言ってるけど」

「名前は呼ぶよ。いじめるときとか」

「おい」

問題発言に思わず突っこんだものの、蓮は涼しい表情を崩さない。

「でも普段はあだ名だなぁ。どうしても言い慣れてるほうを使っちゃうんだよな。ミケさんのほうは最初から俺のこと下の名前で呼んでたし、変える必要がなくて楽なんだろうけどさ。こっちはそうもいかないだろ」

「だよな」

蓮の気持ちはよくわかったので、大樹は深くうなずいた。

（タマもまだ、呼び方はそのままなんだよな）

きっと彼女も自分と同じく、名前で呼ぶのは気恥ずかしいと思っているに違いない。無理に変えるものでもないし、自分たちのペースでタイミングをはかっていこう。

「……よし。できた」

蓮と話をしている間も作業を進め、大樹は帳簿の整理を終えた。確定申告は税理士にまかせているのだが、そのための資料をつくっておかなければならないのだ。間近になってあわてるのは避けたいため、暇を見つけて作業している。

（今年の売り上げ、かなりいいな。ここ四年で最高になりそうだ）

大樹が先代女将の跡を継ぎ、「ゆきうさぎ」を再開させてからじきに四年。

今年は叔父を正規の従業員として雇ったので、そのぶん人件費がかかるだろうと思っていた。しかし実際の売り上げを確認すると、その経費を上回るほどの利益が出ている。これは嬉しい誤算だ。この上り調子を保つことができれば、以前から考えている新しい事業も、近いうちにはじめられるかもしれない。

電源を切ってノートパソコンを閉じたとき、思い出したことがあった。

「あ、俺もひとつ相談が」

「何？」

「仕事の話なんだけどさ。二十三日に『うさぎの郷《さと》』に行くことになって」

「うさぎの郷？」

首をかしげる蓮に、大樹は「民間の有料老人ホームだよ」と答える。

「ここからだと車で七、八分くらいかかるかな。小規模の住宅型らしいんだけど、そこの施設長が『ゆきうさぎ』の常連さんでさ。その縁で、今月の料理レクで講師をしてくれないかって頼まれたんだよ」

「へえ。そんなのあるんだ」

「月に一度やってるみたいだな。ほかにも歌とか体操とか、囲碁や将棋なんかも。ボランティアで地元のサークルが劇や演奏を発表することもあるらしいぞ」

重度の介護認定がつき、寝たきりでもない限り、入居者にはできるだけ頭と体を動かしてもらいたい。そのために施設長は、毎月さまざまなレクリエーションを企画し、実行に移している。単調な暮らしに変化をつけることで、心身を健《すこ》やかに保ち、少しでも楽しく過ごしてもらおうと考えているのだ。

「料理レクもボランティア？」

「食材費は向こうが負担してくれる。報酬《ほうしゅう》も少し出るよ」

料理が入居者のいい気分転換になり、楽しい時間を過ごしてもらえるのなら、大樹としても嬉しい限りだ。叔父も賛成してくれたので、大樹は依頼を受けることにした。施設長もよろこんでくれた。そこまでは順調だったのだが。

「食材の発注があるから、明日までにメニューを決めないといけないんだけど、なかなかこれってものが浮かばなくてさ。蓮ならどうするかと思って」

「ええ？　いきなり言われてもなぁ。料理レクの講師なんてやったことないし……」

話をふられた蓮は、困ったようにあごに手をあてた。

「ちなみに、ほかの月はどんなものをつくったの？」

「記録を見せてもらったけど、和食が多かったと思う。やっぱり高齢の人が多いから、そういうほうが口に合うんだろうな。あとはめずらしい郷土料理とか。先月はスイートポテトだったな。おやつも人気みたいだ」

「なるほどね。あんまりむずかしくないもののほうがいいのかな」

「気軽にできるっていうのは大事だな。調理器具も専門的なものは使わずに、どの家にもありそうなものでつくりたい。とはいえありきたりのメニューだと新鮮味に欠けるし、できれば見た目でも楽しめるような感じの……」

「抽象的だなあ」

眉を寄せた蓮が、ふたたびみかんに手を伸ばす。これ以上食べられたら自分のぶんがなくなると、大樹はテーブルの上からすみやかにカゴを撤去し、蓮の視界から隠した。

「あと、十二月らしいもの」

「ぱっと浮かぶのはクリスマスだけど。ブッシュ・ド・ノエルにブレデル。パネトーネとパンドーロ。シュトレンにレープクーヘン。クリスマスプディングにミンスパイ」

指折り数える蓮に、大樹は「甘いものばかりじゃないか」と口を挟む。

「しかも気軽につくれないほうが多い」

「じゃあ大樹のイメージは？」

「ローストチキン、ローストビーフ、ローストポーク……」

「ローストばっかりじゃん」

「あとはフライドチキンとかビーフシチュー？　ピザや寿司《すし》なんかもよく食べるよな。パーティーメニューは華やかでいいんだけど、今回は食材費との兼ね合いがあるし。時間もかかりそうなものはちょっとむずかしいかもな」

ふり出しに戻ってしまい、大樹と蓮が「うーん」と首をひねっていたときだった。

玄関のチャイムが鳴り、腰を上げた大樹はダイニングに入った。こんな中途半端な時間にたずねてくる人などいただろうか？

（まさか、お祖母《ばあ》さんふたたび……なんてことはないよな）

おっかなびっくりドアホンに近づき、モニターをたしかめる。

映し出された相手を見るなり、大樹は応答ボタンを押すことなく玄関に向かった。ドアを開けた先には、短めのダッフルコートに膝丈《ひざたけ》のスカートを穿《は》き、ショートブーツを合わせた碧の姿。マフラーは巻かずに手に持っていて、大学の帰りなのか、大きなトートバッグを肩掛けにしている。

「こんにちは。急に押しかけちゃってごめんなさい」

碧は屈託《くったく》なく笑いながら言った。

「タマ、今日はバイトだろ」

「そうなんですけど、ちょっとはやめに着いちゃって。雪村さんが母屋にいるって零一さんから聞いたので、顔を見に行こうかなと。……迷惑でした？」

「迷惑なわけがないだろ。五時まではまだあるな。中でお茶でも飲んでいけよ」

「よかった。ありがとうございます」

　大樹は嬉しそうに声をはずませた碧を、家の中に招いた。「お邪魔します」と言ってブーツを脱いだ彼女は、すぐにふり返って腰をかがめる。ブーツをきれいにそろえて端に寄せてから、大樹のあとをついてきた。

「あれ？　蓮さん」

「どうも。タマちゃんと会うのは久しぶりだね」

　客間に通された碧は、こたつに入ってのん気にみかんを食べていた蓮を見て、両目をぱちくりとさせる。そういえば、先客がいることを話していなかった。

「玄関に置いてあった靴、蓮さんのだったんだ。どうりで雪村さんっぽくないなと」

「ああ。大樹は夏だろうが冬だろうがスニーカーだしね」

「軽くて歩きやすい靴が一番だろ。蓮もよくあんな重そうな靴履《は》いてられるな」

　あきれたように言うと、蓮は「慣れたら別に気にならないよ」と反論する。

「あれはやっと見つけた掘り出し物なんだ。重かろうが歩きにくかろうが履き倒す」

碧が意味ありげな表情で、蓮をじっと見つめた。やがてぽつりとつぶやく。

「やっぱりむずかしそう……」

「何が？」

「いえ、その。蓮さんにプレゼントをしたいと思う人がいたら大変だなあと」

不思議そうに目をしばたたかせた蓮は、思い当たることでもあったのか、ややあってにやりと笑みを浮かべた。食べかけのみかんをテーブルに置き、おもむろに立ち上がる。

「タマちゃん、もしかして知ってたりする？　本人から聞いたのかな」

「な、なんのことやら」

「目が泳いでるよ。ほんと、嘘をつくのが下手だね。そのあたりは似てるかもなぁ」

「だだだ、誰に似てるっていうんですか」

蓮にじりじりと迫られたぶん、碧は後ろに下がっていく。追いつめられて壁に背中が触れてしまい、逃げ場を失った碧の横に、蓮が不敵な笑顔のまま片手をついた。

「さて、それじゃ吐いてもらおうか。洗いざらい」

「ええっ」

あたふたする碧を見てむっとした大樹は、悪ふざけを続ける蓮の腕をつかんだ。

「近寄りすぎだ。これ以上からかうな」

「ふーん。やっぱり大樹も人並みに嫉妬《しっと》するんだ」

あっさり碧から離れた蓮は、こちらの反応をおもしろがるかのように言う。

「ミケさんが最近ハマって集めてる少女漫画があってさ。部屋にあった本をこっそり読んでみたら、やってみたくなったんだよね。壁ドンってやつ」

「やりたかったらミケさんにやれよ」

「もうやった。嫌がられた」

「だろうな……。実際にそんなことされたら、だいたいそうなる」

あきれ声を出した大樹は、「いきなり迫ってくるからびっくりしましたよ！」と憤《いきどお》る碧をなんとかなだめ、その場をおさめる。蓮が自分たちの関係を知っていることは、これまでのやりとりで気づいていたようで、あまり驚くことはなかった。

碧の機嫌を直すために、大樹は祖母からもらったみかんをひとつ渡し、熱いお茶を淹《い》れた。こたつに入って湯呑みを受けとった彼女は、一口飲んでふうと安堵《あんど》の息をつく。

「体があたたまりますねー。みかんもおいしい」

「それ、祖母からのお裾分けなんだよ」

「葉月《はづき》さんですか」

「手紙が入っててさ。近いうちに一度、タマを連れてこいと。教育する気満々だな」

碧は「うう」と頬を引きつらせた。

「で、でも社会人になるんだから、一通りの礼儀作法は身に着けておかないと。いざというときには助かるよね。教えていただけるならありがたいし……。うん、頑張ろう」

自分に言い聞かせるようにつぶやく碧を、大樹は感謝の気持ちで見つめる。

葉月が来店したとき、碧は自分が気に入ってもらえるだろうかと心配していた。しかし大樹は逆に、葉月が碧に嫌われやしないかと案じていたのだ。父方の祖母は、昔からあの通りの性格で、身内に対しては特に厳しい。店にやってきたときも、意地悪な姑《しゅうとめ》のような態度をとっていたため、はらはらしながら見守っていた。

けれど碧の口から葉月を嫌がり、その言動に対する文句が出ることはなかった。とはいえ大樹と同じく苦手意識はあるのだろう。それでもなんとか前向きにとらえ、今後も交流してくれるつもりのようなのだから、頭が下がる。

「あれ、この紙は？」

湯呑みをテーブルの上に置いた碧が、近くにあったメモ用紙を手にとった。

「ローストチキン、ローストビーフ、ローストポーク？　なんですかこれ。おいしそうな食べ物ばっかり」

「ああ、それはな……」

料理レクのことを話すと、碧は納得したように「なるほど」とうなずいた。せっかくなので、彼女にも意見を訊いてみることにする。料理レクの参加者は毎回、女性のほうが多いそうだし、同性の碧ならよい案を出してくれるかもしれない。

「ちょうどよさそうなメニュー、タマは何か思い浮かばないか？」

「そうですねえ……」

少し考えていた碧は、やがて何かを思いついたのか、ぱっと明るい表情になる。

「ガレットなんてどうでしょう？」

「ガレット？」

大樹の脳裏《のうり》に浮かんだのは、小洒落たカフェのメニューにあるような薄焼きのクレープと、フランスの伝統的な焼き菓子。欧米の料理はあまり詳しくないため、そのくらいしかわからない。どちらのことを言っているのだろう。

「お菓子じゃなくて、生地を薄く広げてつくるほうですよ」

疑問が態度に出ていたのか、碧が先に教えてくれる。

「実はさっき、大学のカフェテリアで食べてきたんです。キーマカレーのガレット！　スパイスが効いてて、チーズと卵はとろとろで、すっごくおいしかった……」

「またカレーか。本当にブレないな」

うっとりした表情でガレットの魅力を語る碧の姿は、何度見ても微笑ましい。よく飽きないなと思わなくもないが、自分も好物のナスに飽きることなどあり得ないのだから、お互い様なのだろう。

「ガレットって、たしか蕎麦粉でつくるんだったよな」

「基本はね」

答えたのは蓮だった。彼はさらに続ける。

「ガレットはブルターニュ地方の郷土料理で、あのあたりは雨が多くて日が出る時間が少ないから、小麦の栽培には向いてなかったんだよ。だから代わりに育てやすい蕎麦を栽培するようになって、それを主食にしたって聞いたな」

「へえ……」

「栄養価も高いし、小麦よりも安くつくれたみたいだよ」

三年前までフランスで暮らしていた蓮は、本場のガレットを知っているのだろう。彼も食にかかわる仕事に就いているだけあって、その手の知識はしっかり頭に入っているようだ。

「料理レクのメニューとしてはいい案じゃない？」

「ほんとですか？」

「本格的につくろうとしたら、専用の鉄板とかトンボがいるけど」

「トンボってあれですよね。生地を広げるための……」

「そう。でも今回はレクリエーションなんだから、簡単なほうがいいよな。鉄板がなくてもフライパンやホットプレートを使えばいいし、トンボはお玉で代用できる。あとはクレープの要領でやっていけば」

「クレープもそうだけど、包む具材は食事系でも甘い系でも合うんですよねー」

蓮と碧の会話を聞いていると、たしかによさそうな気がしてきた。

(そういえば、ホットプレートは施設にいくつかあるって言ってたな)

ホットケーキをつくったり、お好み焼きパーティーをしたりするために、何年か前に購入したと聞いた。今回は、見た目も味も完璧なものをめざす必要はない。手順もできるだけ簡単にして、誰でも気軽につくれるようなものにしたかった。

たいせつなのは、レクに参加した人たちに、料理を楽しんでもらうこと。それは食べるだけではなく、自分の手でつくり出すという行為もすべて含めてだ。

「ホットプレートを使えば、パーティー気分で盛り上がるかな」

ぽつりと言うと、碧が「いいですね！」と目を輝かせた。

「ホットプレートを囲んで、みんなでわいわいお喋《しゃべ》りしながらつくるのって楽しいですよね。わたしたまに友だちの家でやるんですけど、にぎやかで盛り上がりますよー。みんなで一緒につくるから、料理の過程も楽しめて」

「蕎麦粉ならお年寄りになじみも深いだろうし……。クレープよりもめずらしいから興味を持ってもらえるかもな」

碧のおかげでぴったりのメニューが見つかり、大樹は表情をゆるませる。

「――よし！　料理レクはガレットで行こう」

そうと決まればさっそく施設長に報告し、食材を発注しなければ。

当日までにつくり方も覚えておかないといけないし、通常業務と合わせて忙しくなるだろう。メモ帳の新しいページを開いた大樹は、はじめての経験に心をはずませながら、水を得た魚のような勢いで食材を書き出していった。

せわしなく働いているうちに時が過ぎ、ついに料理レクの当日を迎えた。

「食材はもうあっちに運んであるんですよね」

「ああ。昨日のうちにな」

午前九時。碧は大樹が運転する車に乗り、「うさぎの郷」に向かっていた。

講師の依頼を受けたのは大樹だけなのだけれど、料理レクというものに興味があったので、自分も助手として連れていってもらえないかと頼んでみたのだ。幸い、大樹と施設長が許可を出してくれたおかげで、同行することができた。

メニューが決まってから、大樹はこの日のためにガレットのつくり方を勉強した。

『人に教えるものを、自分が知らなくてどうする』

クレープと同じようなものではあるが、大樹はこれまでガレットをつくったことが一度もなかったらしい。しかしさすがはプロの料理人。何度か練習しているうちにコツをつかみ、いまでは完璧に手順をマスターしていた。

「そこの信号を右に曲がったら、左手に見えてくるよ」

「はい」

大通りから裏道に入り、しばらく走ると、それらしき建物を確認できた。建設されてからまだ五年ということなので、外観がきれいで清潔感もある。敷地内の駐車場に車を停《と》めて外に出た碧たちは、指定された出入り口から中へと足を踏み入れる。

建物内は季節に合わせ、クリスマス仕様に飾りつけられていた。

「こんにちは。本日はよろしくお願いします」

「おお、大ちゃん！」

事務室で待っていた施設長が、大樹の姿を見て破顔する。

「しかもタマちゃんまで一緒に来てくれるとは。お礼があまり出せなくて心苦しいが」

「気になさらないでください。今日はボランティアのつもりで来ているので」

申しわけなさそうにする施設長に、碧はにっこり笑って答えた。

施設長は五十代半ばくらいの男性で、「ゆきうさぎ」には先代女将の時代から通い続けているそうだ。お店で過ごしているときは、お酒に強い陽気なおじさんという印象だが、いまはきちんとしたスーツに身を包み、責任者としての風格を感じる。

(ほかの常連さんたちも、お仕事をしているときはこんな雰囲気なのかな)

自分は「ゆきうさぎ」でのんびりくつろぐ人々の姿しか知らない。だからこうして別の一面を目にすることは新鮮だった。

「それじゃ、調理室に案内しようか」

事務室を出た碧と大樹は、施設長のあとについて調理室に向かった。

一階の奥のほうにあるそこは、専門の調理師や栄養士が、入居者たちの食事をつくっている場所だ。料理レクは二階の多目的スペースで行われるため、必要なものはここから運ばなければならない。

碧たちは手の空いている職員と手分けをして、先に届けておいた食材や、施設の備品であるホットプレートなどの調理器具を二階に持っていった。

「足りないものはないよな？」

「はい、食材も調理器具も不足はありません！」

エプロンをつけて頭にはバンダナを巻き、丁寧に手を洗えば準備は万端。

「お待たせしました。みなさんがいらっしゃいましたよー」

職員の女性が笑顔で教えてくれる。

彼女の言葉通り、時間になると入居者たちが続々と集まってきた。今日の参加者は九名で、そのうち七名が女性だ。年齢は見たところ七十代以上がほとんどで、中には九十五歳になるというおばあちゃんもいた。

集まった人々は毎月の常連だというから、もともと料理が好きなのだろう。エプロンや三角巾はそれぞれが持参することになっているため、人によって色や柄《がら》、形が違って個性があった。赤やピンクが多いので、室内がぱっと華やかになる。

「みなさんご注目！　今日のお料理教室の先生には、特別なゲストをお招きしています」

担当の女性職員が、碧と大樹を参加者たちに紹介してくれる。大きくはきはきとした声は、耳が遠くても聞きとりやすくするためだろう。

「なんと！　今回は施設長行きつけの、小料理屋さんのご店主に来ていただきました。見てください。若くてハンサムなお兄さんでしょう」

「あらまあ、ほんとに男前」

「お店をやっているの？　うちの孫より若いんじゃないかしら」

「こんなことならお化粧くらいしてくればよかったわぁ」

色めき立つ女性入居者の視線を一身に受けた大樹は、照れくさそうにしながらも「よろしくお願いします」と頭を下げる。温厚で礼儀正しい彼は男女問わず、年上から可愛がられるタイプだから、今回も受け入れてもらえるはずだ。

一歩前に出た大樹は、よく通る声で続けた。

「今日はクリスマスが近いということで、洋風でお洒落な料理をつくってみましょう。蕎麦粉を使ったガレットで、できあがりはこんな感じです」

合図を受け、碧はあらかじめ拡大プリントしておいた完成写真を、参加者たちに見せていく。彼女たちにはやはりなじみがないらしく、ものめずらしそうな表情だ。

「食べたことないわねえ」

「クレープみたいなものかしら？」

「薄く焼いてつくるの？」

どうやら興味を持ってもらえたようだ。碧は大樹と目を合わせ、微笑みをかわす。

「ガレットはフランスの郷土料理で、丸くて薄いものという意味があります。あるときひとりの女性が、蕎麦粉でつくったお粥《かゆ》をこぼしてしまったそうで、それが平たい石の上だったとか。そのお粥が日の光で熱せられてかたまり、はがして食べてみたところ、とてもおいしかったというのがはじまりと言われています」

(雪村さん、つくり方以外もちゃんと勉強してきたんだ)

ガレットの逸話についてでは蓮も話していたが、大樹はさらに詳しく調べたのだろう。仕事に対して熱心に取り組む姿は、自分も見習わなければ。

「ちなみにクレープは、ガレットから派生した料理だそうです。庶民の食べ物だったそれを、フランス王妃が口にして気に入ったため、宮廷料理に取り入れたとか。そこで生地が小麦粉に変わって、バターや牛乳、卵なども加えて贅沢《ぜいたく》になっていったと」

「ほほう」

「興味深いですな」

隅《すみ》の椅子に腰かけているふたりの男性参加者が、大樹の話を聞いておもしろそうにうなずいた。女性が多いので居心地が悪いのかと心配していたが、このふたりも常連メンバーだというから、案じることはなさそうだ。

「前置きはこれくらいにして、実際につくっていきましょう。薄力粉や千切りのじゃがいもを使って焼くレシピもありますが、今回はシンプルに蕎麦粉でやります」

材料と調理器具が各テーブルに行き渡っていることを確認してから、大樹は自分が見本となって、ガレットをつくりはじめた。碧と女性職員は助手となり、参加者たちの様子を見守りながら、状況に応じて手助けをする。

「まずは生地をつくります。材料はすでにはかってあるので、これから言う順番通りにボウルに入れていってください」

説明を交えながら、大樹はガラス製のボウルに計量済みの蕎麦粉と粗塩《あらじお》、そして蜂蜜《はちみつ》を入れた。そのあとに、あらかじめ溶いておいた卵と少量の水を加えて混ぜはじめる。三つのグループに分かれた参加者たちも大樹を真似て、生地づくりにとりかかった。

「混ぜるのは交代でやっていきましょう。ずっとひとりは疲れるだろうし」

生地には少しずつ水を加えて練り合わせ、なめらかになったらボウルにラップをかけて冷蔵庫で寝かせる。

「本来はひと晩くらいかけるんですけど、そんなに待っていられないので、今日は一時間くらいにします。じっくり寝かせた場合は、焼き色が香ばしい茶色になるんですよ。今回は時短なので薄めになりますね」

調理室の冷蔵庫を借りて生地を寝かせている間は、中に包む具材の下ごしらえをしておく。それも終わると、お茶を淹れてひと息つくことになった。

「どうぞ」

「あら、ありがとうね」

「お菓子あるわよ。食べなさい」

大樹が淹れたお茶の湯呑みを配っていた碧は、駄菓子を持参してお喋りに興じていた老婦人のグループに手招かれる。彼女たちは痩せ気味の碧がダイエットをしていると思ったらしく、しきりに駄菓子をすすめてきた。

「あなた、ほんとに細いわねー。栄養はちゃんととっているの？」

「若い子はね、少しくらいぽっちゃりしていてもいいの。無理しちゃだめよ」

(うう……すみません。ご飯は人並み以上に食べているんです)

太りたくても太れないのだと言うのもなんなので、碧は曖昧《あいまい》な笑みを浮かべながら、分けてもらった駄菓子を頬張った。もごもごと口を動かしていると、それまで黙っていた最高齢のおばあさんが、優しそうなまなざしを碧に向ける。

「旦那《だんな》さん、あの歳で自分のお店を持っているなんて立派ねえ」

「うぐ⁉」

まさかのひとことに目を剝いて、飲みこんだ駄菓子のかけらが喉《のど》につまりかける。なんとかお茶で流すと、おばあさんは「違うの?」と小首をかしげた。

「一緒に来たっていうから、てっきり若奥さんだろうと思って……」

「い、いいえ。そんな。わたしはその、お店のアルバイトなので」

「まあ、そうだったのね。勘違いしちゃった。驚かせてごめんなさいね」

碧の顔が真っ赤になると、おばあさんは「可愛らしいこと」と微笑み、手にしていた駄菓子をゆっくりと食べはじめた。

(そ、そういえば……。前にも女将さんと間違えられたことがあったっけ)

ほかの人から見て、そんなに自分たちは夫婦に見えるのだろうか?

以前なら戸惑うところだが、いまはこそばゆいと同時に嬉しくもあった。このさき自分たちがどうなっていくのかはわからないけれど、できることならこれからも、大樹の隣に寄り添っていきたいと思うから。

「そろそろ生地を出しますよ。調理を再開しましょう」

時間になると、大樹は調理室の冷蔵庫で寝かせていた生地をとり出して、多目的スペースに戻した。ホットプレートを熱して油をひき、鉄板の上にお玉でとろりとした生地を流しこむ。何度も練習しただけあって、大樹の手つきはみごとなものだ。

ください」
「生地はお玉を使って、薄く広げていきます。表面が乾いてきたら、具材を載せていって
「大将さん、量はどのくらいにしたらいいの？」
「そうですね……。多すぎず少なすぎず――この程度かな」
参加者たちはそれぞれお玉を手にすると、慎重な動作で生地を焼きはじめた。どのグル
ープもホットプレートを囲み、ああでもないこうでもないと言いながら料理をしている。
その様子はとても生き生きしていて、肌の血色もよくなっているように見えた。
「おばあちゃんもやってみませんか？」
碧が声をかけたのは、さきほど会話をした最高齢のおばあさんだった。車椅子に座って
いた彼女は、「いいのかしら？」と不安げな表情だ。足が不自由でも上半身は動かせると
のことだし、大丈夫だろう。
「鉄板にさわらないように気をつけてくださいね」
「ええ」
おばあさんは、碧が生地をすくったお玉を受けとった。少し身を乗り出して、ホットプ
レートに生地を流し入れる。碧が見守る中、彼女は火が通って乾いた生地の上に、下ごし
らえをしておいた具材を載せていった。

あらかじめ炒《いた》めておいた厚切りベーコンにほうれん草。中央には卵を割り入れ、フライ返しを使って上下左右を内側に折りたたんでいく。碧の手助けを受けながら、おばあさんは肉の薄い手で、楽しそうに調理をした。

「ふう……。やっぱり洋食はむずかしいわねえ」

「お上手ですよ。すごくおいしそう」

お皿に移したガレットは、大樹がつくった見本のように、美しいレース模様ができているわけではない。焼きムラもあるし、ところどころ破れてもいるけれど、このガレットにはつくり手の心がこもっている。これ以上のスパイスがどこにあるというのだろう。

それぞれのガレットができあがるころには、時刻は正午を迎えていた。

「今日はみなさんが手づくりしたガレットでお昼にしましょう」

調理器具を片づけたテーブルの上には、白いお皿に盛りつけたガレット、そして調理室から届けられた、湯気立つスープが入ったカップが置かれる。中身はたっぷりの野菜で栄養がとれるミネストローネだ。

「あと、これは『ゆきうさぎ』からの差し入れです」

大樹が配っていったのは、お店で出している自家製のポテトサラダ。事前につくっておいたものを、施設長の許可を得て持ってきたのだ。

「あら、大将さん。わざわざつくってきてくれたの?」

「小料理屋さんのポテトサラダって、なんだかすごく期待しちゃうわね」

配膳《はいぜん》が終わると、大樹が周囲を見回した。着席した参加者たちに食事が行き渡っていることを確認してから、口を開く。

「みなさん、今日はお疲れさまでした。どうぞ召し上がってください」

蕎麦粉の香りがただよう室内に、「いただきます」という声が重なった。


ナイフとフォークを手にした碧は、自分が焼いたガレットに目を落とした。

(はじめてにしては、けっこうきれいにできたかも。雪村さんにはかなわないけど)

以前にカフェテリアで食べたものとくらべれば、生地の色はだいぶ薄い。あのお店で腕をふるっている料理人は本格派だから、きっと長い時間をかけて、しっかりと生地を寝かせているのだろう。一方で、時短レシピのこちらはどうなのか。

「いただきます」

碧はナイフで切り分けたガレットを、おそるおそる口に入れた。嚙《か》み締めた瞬間に鼻を通り抜けるのは、素朴《そぼく》で豊かな蕎麦粉の香り。

もちもちとした食感はカフェテリアのほうが強かったが、こちらもじゅうぶんやわらかく焼き上がっていた。外側はぱりっとかためで、その対比を楽しめる。

具材の厚切りベーコンは、炒めることで外に脂《あぶら》がにじみ出る。旬を迎えたほうれん草と一緒に醤油《しょうゆ》とバターで味つけされ、わずかに加えたニンニクが食欲をそそる香りを放っていた。卵も入っているため栄養バランスもばっちりだ。

（ああ、やっぱり食べてるときが一番幸せ……）

碧が感嘆の息をついたと同時に、横から「おいしいわねえ」と声があがった。

隣の席では、車椅子のおばあさんがガレットを堪能している。ナイフやフォークが苦手なのか、職員に切り分けてもらったものを、箸《はし》を使って食べていた。

「たまにはこういったお料理も、めずらしくていいわ」

「気に入っていただけましたか？」

「ええ。あまりたくさん食べられないのが残念なくらいよ」

箸を置いたおばあさんは、にぎやかに食事をする参加者たちをじっと見つめた。

「私は三年くらい前から、こちらでお世話になっているの。それまではひとりでお風呂にも入れたし、家事もできたのだけれど、骨折してから足を悪くしてしまって」

「そうだったんですか……」

「夫はとうの昔に旅立って、子どもは三人いるけれど疎遠《そえん》でね。同居して迷惑をかけるのも嫌だったから、ここに入ることにしたのよ。夫がお金を残してくれたおかげ」

小さく笑ったおばあさんは、どこかさびしげな声音《こわね》で続ける。

「私が施設に入居したから、子どもたちもほっとしたのかしらね。介護は施設にまかせておけばいいと思っているんでしょう。面会なんて年に一度あるかないか」

「……………」

「みなさんの話を聞くと、似たような経緯で入居された方が多いみたいね。幸い、私はここで気の合うお友だちができたから、面会がなくてもかまわないのだけれど。夫の遺産もお迎えがくるまでは残りそうだし」

返す言葉が見つからず、戸惑っていると、おばあさんは我に返ったように瞬《まばた》きした。

「いやだ、私ったら何をぺらぺらと……。お嬢さんみたいな若い方とお話しするのが久しぶりだったものだから、つい調子に乗ってしまって。ごめんなさい」

「いえそんな。わたしこそ何も言えずに……」

「気にしないでちょうだい。話を聞いてもらえただけでじゅうぶんよ。今日はとても楽しかったわ。魔法の時間をありがとう」

「魔法？」

きょとんとする碧に、おばあさんは表情をほころばせながら言った。

「お料理をしている間はね、私たちは嫌なことや悲しいことを忘れて気晴らしをすることができるの。自分でつくったものを食べるときも、誰かに食べてもらってよろこんでくれたときも、自然と笑顔になれるでしょう？」

「はい」

「そんな幸せなひとときを生み出してくれるお料理は、魔法みたいに奇跡的で、素敵なものだと思うのよ。だから今日のあなたたちは、さながら私たちに笑顔をくれた魔法使いといったところかしらね」

メルヘンチックなその言葉が、なんだかとてもくすぐったい。けれど碧も、料理には人の心を動かし、感情を揺さぶる力があると信じている。

「わたしが魔法使いなら、雪村さんはすごい力を秘めた大魔王？」

「あらあら。それじゃ悪役になっちゃうわよ」

昼下がりのなごやかな室内に、ひときわ明るい笑い声が響き渡る。魔法のガレットがなくなっても、幸福な時間はそれからしばらく続いたのだった。

終章　希望の切符で店仕舞い

支度中

十二月二十五日、二十一時三十分。

最寄り駅の改札を出た碧《あおい》は、見慣れた景色にほっと安堵《あんど》の息をついた。

「やっぱり地元は落ち着きますね。戻ってきたーって感じで」

「でもクリスマスだから、いつもより人が多い気がする」

隣に立つ大樹《だいき》が、興味深げな表情で周囲を見やる。

彼が言う通り、駅前は普段にくらべて行き交う人々の数が多かった。夜景のネオンも明るい。近くのファストフード店の前では、サンタクロースやトナカイの衣装を装着したスタッフが、通行人になんとかチキンを売ろうと声をはりあげている。洋菓子店やコンビニなどで販売しているクリスマスケーキも、今夜が最後のチャンスだろう。

「いまはこんなにクリスマスムード一色なのに、明日になったらガラリと変わっちゃうんですよね。年末年始バージョンに」

「毎年のことだけど、変わり身がはやいよな」

ロータリーを抜けた碧と大樹は、商店街のメインストリートではなく、住宅が密集している裏道に入った。表は知り合いに遭遇する確率が高いため、大樹とふたりで出かけた帰りはこの道を通るようにしている。

「楽しかったですね、クリスマスマーケット。おいしいものがいっぱいあって」

「タマはいつものことながら、よく食べたよな」

「ふふふ。ソーセージとかアイスバインとか、どれも最高だったなぁ」

可愛《かわい》らしく飾りつけられていた屋台で買った食べ物の味が、碧の舌の上にあざやかによみがえる。ハニーマスタードをかけていただく豚肉の塩漬けや、ぱりっとした皮の中にハーブの旨味《うまみ》と肉汁が閉じこめられた、ボリュームのあるソーセージ。そして濃厚なチーズリゾット。思い出しただけで口元がゆるんでしまう。

以前から約束していた通り、碧と大樹はこの日、都内で開かれていたイベント会場に連れ立って出かけた。最終日ということもあり混雑していたが、それが逆にお祭り気分を盛り上げてくれたのだ。

「あれー、なんだろ？　足下がふわふわする」

「さっきから思ってたけど、さてはグリューワインで酔ったな？」

「ええ？　一杯しか飲んでないのに」

「タマはたぶん、ワインには酔いやすいんだよ」

周囲は寒いはずなのに、なぜか全身が発熱したかのようにあたたかい。ふらふらと歩いていると、見かねた大樹が体を引き寄せ、歩行を支えてくれた。ここぞとばかりにくっついてみたが、大樹が腕をふりほどくことはない。

「今日、浩介《こうすけ》さんは仕事だろ？　この時間だともう帰ってるのか？」

「うーん、どうでしょう。年末年始は父の会社もけっこう忙しいんですよね。夕飯はいらないって言ってましたけど」

「タマは出かけるって教えたのか？」

「はい。相手はその、大学の友だちってことにしてありますけどね」

お互いの想いを伝え合い、大樹と新しい関係を築きはじめてから早半年。

思わぬ形で露見したケースもあったが、零一《れいいち》をはじめとする大樹の身内や蓮《れん》など、自分たちのことを知る人は少しずつ増えている。碧が父に打ち明けていない理由は、複雑な事情があるわけではなく、単に知られるのが恥ずかしいからだ。

（お父さんと面識がない人だったら、さらっと言えたかもしれないけど……）

父は「ゆきうさぎ」の常連で、大樹とのつき合いは碧よりもはるかに長いのだ。大樹の人柄《ひとがら》は熟知しているから、怒って反対するようなことはしないと思う。

しかし、行きつけの小料理屋の店主が、娘の彼氏になったと言われたら？

めったなことでは動じない父でも、さすがに戸惑いはするだろう。これまで心地のよい距離感が保たれていた「店主と常連」の関係が、そこでいったん崩れるのだ。そのあとに構築される新しい関係は、果たしてどのようなものになるのか。

（気になるけど、それはお父さんと雪村《ゆきむら》さんの問題だし。わたしがどうこう言えるようなことじゃないよね）

そんなことを考えていたとき、コートのポケットに入れてあったスマホが鳴った。

とり出してみると、メッセージを送ってきたのは……。

「お父さんだ」

「浩介さんから？」

画面を確認した碧は、そこに添付されていた一枚の写真を見て、たまらず噴き出した。

「どうした？」

「これ見てください。すごくレアですよ」

大樹に向けて画面を見せると、彼もまた口の端《はし》を上げて「永久保存版だな」と言う。

父から送られてきたのは、〈『ゆきうさぎ』にて〉という短い本文と、スマホのカメラで撮られたと思《おぼ》しき写真だった。

カウンターの上には、毎年桜屋《さくらや》洋菓子店の主人がサービスしてくれるブッシュ・ド・ノエルに、飲みかけのワイングラス。そしてなぜかトナカイのカチューシャをつけられた父が、赤いサンタ帽子をかぶった常連仲間の彰三《しょうぞう》、そして花嶋《はなしま》とともに写っている。彰三たちは満面の笑みを浮かべているが、父は少し恥ずかしそうだ。

「みんな酔ってるなぁ。アングルからして、撮影したのは零一さんか？」

「おじさんの集《つど》い……」

「浩介さん、いまは店にいるんだな。楽しそうでよかった」

「これ、完全に彰三さんたちに遊ばれてますよね」

「たまには羽目をはずして息抜きしてもいいんじゃないか？　クリスマスなんだしさ」

碧は笑いをこらえながら、写真をアルバムに保存した。酔いが醒《さ》めて我に返った父に削除を頼まれても、これはこっそりとっておこう。

ゆっくりと歩いているうちに、雪村家の前にたどり着いた。ここは母屋《おもや》に面した通りなので、目の前にあるのは格子戸《こうしど》ではなく、きちんと閉まった門扉《もんぴ》だ。家主の大樹は不在だが、和室の明かりはついている。

（零一さん夫婦のお部屋かな。奥さんがいるのかも）

「ちょっとお茶でも飲んでいくか？」

大樹は誘ってくれたけれど、碧は「いえ」と首を横にふった。零一の妻がくつろいでいるのなら、夜遅くに家に上がるのは悪いだろう。このまま帰ると言うと、大樹は「じゃあ家まで送るよ」と答え、ふたたび碧と並んで歩き出した。

（あっ、プレゼント！）

ひんやりとした冷気にあてられ、ようやく頭がはっきりしてきたとき、バッグの中に入れておいた贈り物のことを思い出した。大樹に気を遣わせたくなかったので、腕時計のように高価なものではないのだけれど。

マンションに着いてから、別れ際に渡せばいいだろうか。

そう思ったとき、視界の隅《すみ》に黒い何かが映った。目を凝《こ》らすと、建物の陰《かげ》からのっそりとあらわれた、黒と白の大きな猫。

「武蔵《むさし》!」

「ブミャー……」

いつもは野太い声なのに、今日はあまり力がない。そしてこれまた稀《まれ》なことに、ゆっくりとこちらに近づいてきたかと思うと、碧の足下に顔をすり寄せてくる。

「こ、これはいったい」

「ああ、かなり腹が減ってるみたいだな」

「そうなんですか?」

「前にも何度か同じ感じになったことがある。なりふりかまわず甘えてくるんだよ」

めったに見られない姿を拝むことができたのは嬉《うれ》しいが、空腹なのはつらいだろう。碧と大樹は近くにあったコンビニに入り、少量のキャットフードを購入した。

「道端であげるのもなんだし……どこか別のところで」

「あ、その奥に小さな公園がありましたよね」

武蔵を引き連れて角を曲がると、視線の先に公園があった。通り沿いに建つ家の何軒かは、庭木に電飾をとりつけたり、イルミネーション用のライトを設置したりと、ささやかなライトアップを楽しんでいるようだ。

「待たせたな。ほら」

地面に膝《ひざ》をついた大樹が、袋をお皿代わりにしてキャットフードを与える。よほどお腹《なか》がすいていたのか、武蔵はがっつくようにして食べはじめた。冬は食べ物も少なくなるだろうし、暖をとるのも大変だろう。それでもたくましく生き抜いてきたのだから、この冬も乗り越えられるはずだ。

出されたエサを平らげると、満足そうな表情になった武蔵は、こちらに向けて鳴き声をあげた。さきほどとは打って変わった元気な声だ。

「『ごちそうさま』って言ってるのかな?」

「まさかこんなところで、常連に食事を出すことになるとはな」

苦笑した大樹は、機嫌よく尻尾をふりながら去っていく武蔵を見送った。ゴミをまとめて袋に入れ、腰を上げる。

「さてと。寄り道したけどそろそろ戻るか」

「あの、雪村さん！」

とっさに呼びかけた碧は、バッグの中に手を突っこんだ。とり出したのは、赤と緑を基調とした包装紙にくるまれた、長方形の包み。文庫本より少し大きい程度のそれを、大樹の前に差し出す。

「これ、プレゼントです。クリスマスの」

「え……」

「雪村さんはいらないって言ってくれたけど、やっぱり何か渡したくて。自分で言うのもなんですが、値段はそんなに高くないので大丈夫です」

「………」

ややあって右手を伸ばした大樹は、包みを受けとってくれた。碧が胸を撫《な》でおろしていると、「開けてもいいか」と問いかけられる。「はい」という返事を聞いた彼は、近くにあったベンチに座り、おもむろに包みを解きはじめた。

（ま、まさかこの場で開けるとは……）

さんざん悩んで選んだ品は、果たして気に入ってもらえるのだろうか。固唾《かたず》を飲んで見守っていると、包装紙の中から落ち着いた色の紙箱があらわれた。

蓋《ふた》を開けた大樹は、そこにあったものを見るなり、困惑したように瞬《まばた》きをした。

「……写真立て?」

戸惑いのつぶやき。それはそうだろう。

碧が選んだのは、ただの写真立てではない。およそ男性には似つかわしくない、薄い桜色のフレームに、愛らしいうさぎの飾りがついたものだったのだ。

大樹の隣に腰を下ろした碧は、にこりと笑って口を開いた。

「雪村さんの写真を飾ってもいいんですけど、もっとふさわしい人がいますよね」

「ふさわしい人?」

「お店のカウンターにいらっしゃるじゃないですか。うさぎがよく似合う人」

首をかしげた大樹は、ややあってその意図に気づいたのか、はっと息を飲む。

「実は、ずっと思っていたんですよね。先代女将《おかみ》のフォトフレーム、もっと可愛いものにしてもいいのになって。いまのは飾り気がないし、ちょっと地味な感じだから」

「タマ……」

うさぎの写真立てにそっと触れた大樹は、嬉しそうに「ありがとう」と言ってくれた。

「それじゃ、次は俺の番だな」

「?」

両目をぱちくりとさせる碧の前で、大樹は自分のボディバッグを引き寄せた。そこから出てきたのは、碧が渡した包みよりも細長い、ラッピングされた贈り物。

「これは俺からタマへのプレゼント」

「――」

「今回はちゃんと間に合うように準備したぞ」

ぽかんとする碧に、大樹は「ほら」と箱を押しつけた。同じように開けてみてほしそうだったので、包装紙を破らないよう気をつけながら、テープをそっとはがしていく。

きれいな化粧箱の中におさまっていたものは……。

「うわぁ……きれい！」

そこに入っていたのは、あざやかなスカイブルーのペンケースだった。本革を使用しているのか、手ざわりもなめらか。デザインはシンプルだが、上品で高級感がある。

「腕時計みたいに、仕事で使えるものがいいかなと思ってさ」

「ありがとうございます。嬉しい……！」

「タマ、前に話してくれたことがあっただろ。お母さんの形見の中に万年筆があるんだけど、なかなか使う機会がないって。実際に使わなくても、このケースの中に入れてお守り代わりにすればいいんじゃないかなと」

碧は大きく目を見開いた。

（雪村さん、憶《おぼ》えていてくれたんだ）

大樹は自分のことだけではなく、亡き母のことまで考えてこのペンケースを選んでくれたのか。そう思うと心の底から愛《いと》おしさがこみ上げてきて、碧は勢いのまま、大樹の体にぎゅうっと抱きついた。

「うわ！　おい、ここ外……」

「誰も見てませんよ！　もう、嬉しすぎてどうにかなりそう」

「……それはこっちの台詞《せりふ》だよ」

ふっと笑った大樹は腕を伸ばし、碧の体を優しく抱き返してくれた。

いつまでも続いてほしい、幸せな時間。外はこんなに寒いのに、心の中にはひと足はやく、あたたかな春が来たかのようだ。

「──二月か三月あたりに」

しばらくして、大樹がぽつりとつぶやいた。

「うちに遊びに来ないか？　店の母屋じゃなくて、実家のほう」

「え……」

驚いた碧は、大樹から少し体を離した。実家というと、箱根《はこね》にある旅館のことだろう。

「タマの話を聞いてから、両親が会わせろってうるさいんだよ。お祖母《ばあ》さんも本気で教育する気満々だし……。気が乗らないようだったら、適当な理由をつけて断っておくよ。無理にとは言わない」

(雪村さんのご両親……。どんな人なんだろう)

話には聞いているけれど、実際に顔を合わせるとなると緊張する。でも、自分に会いたいと思ってくれているのなら、応《こた》えたいとも思う。

「わかりました。わたしも雪村さんのご両親にお会いしてみたいです」

「よし。じゃあ今度、あらためて予定を立てよう。電車の切符《きっぷ》は俺が手配する」

その切符は果たして、希望につながる道なのか、それとも――

大きな期待と小さな不安を生み出した、クリスマスの夜だった。

小料理屋「ゆきうさぎ」
特製レシピ

焼きりんごのハッセルバック風

材料(1人分)

りんご …………………… 1個

バター(食塩不使用)…… 大さじ1と1/2
黒砂糖 ………………… 大さじ1～2
シナモンパウダー ……… 小さじ1～2

バニラアイスクリーム …… 1すくい
ナッツ、ミント ………… 適宜

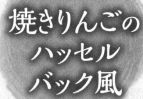

下準備

オーブンを180℃に予熱する。

作り方

① 電子レンジでバターを溶かす。
② ①に黒砂糖、シナモンパウダーを入れ、よく混ぜる
③ りんごを縦半分に切り、芯をくりぬく。
④ まな板に、③を断面を下にして置き、奥と手前に割りばしを置く（包丁が下まで行かないようにするため）。端から端まで2mm幅で切り込みを入れる。
⑤ オーブン皿にクッキングシート（オーブンペーパー）を敷き、④のりんごを、断面を下にして置く。
⑥ 刷毛で②の半量を塗る。
⑦ 180℃で30分焼く。15分焼いたら、一度出してみて、②の残りをさらに塗る。りんごから汁が出るので、それも何度か塗りながら焼くとよい。
⑧ 焼きあがったら、器に盛りつけ、アイスクリームを乗せて、ナッツ、ミントなどを飾る。

熱々にアイスクリームを乗せるのもおいしいし、冷やしてもおいしい。
砂糖の量は好みで調節を。

Cooking／Mihoko Uchiyama

※この作品はフィクションです。実在の人物・団体・事件などにはいっさい関係ありません。

集英社オレンジ文庫をお買い上げいただき、ありがとうございます。
ご意見・ご感想をお待ちしております。

● あて先
〒101-8050　東京都千代田区一ツ橋2-5-10
集英社オレンジ文庫編集部 気付
小湊悠貴先生

ゆきうさぎのお品書き

白雪姫の焼きりんご

集英社
オレンジ文庫

2019年6月26日　第1刷発行

著　者　小湊悠貴
発行者　北畠輝幸
発行所　株式会社集英社
〒101-8050東京都千代田区一ツ橋2-5-10
電話【編集部】03-3230-6352
【読者係】03-3230-6080
【販売部】03-3230-6393（書店専用）
印刷所　凸版印刷株式会社

※定価はカバーに表示してあります

ISBN 978-4-08-680258-1 C0193

集英社オレンジ文庫

椹野道流

時をかける眼鏡

魔術師の金言と眼鏡の決意

嵐が直撃したマーキス島の被害は
甚大だった。遊馬は国王ロデリックに
復興のためにあることを進言する…。

〈時をかける眼鏡〉シリーズ既刊

①医学生と、王の死の謎 ②新王と謎の暗殺者
③眼鏡の帰還と姫王子の結婚 ④王の覚悟と女神の狗《いぬ》
⑤華燭の典と妖精の涙 ⑥王の決意と家臣の初恋
⑦兄弟と運命の杯

好評発売中

【電子書籍版も配信中　詳しくはこちら→http://ebooks.shueisha.co.jp/orange/】